고양이별 펠리

김수연 글 | 리페 그림

라임

차례

프롤로그

지구에서 수십 광년 떨어진 머나먼 우주에 고양이들이 문명을 이루어 사는 아주 작은 행성이 있다. 행성의 이름은 바로 고양이별 펠리.

지구와 달리, 펠리는 세 시간마다 낮과 밤이 바뀌었다. 달빛이 어스름한 어둠이 세 시간 동안 이어진 다음 해가 반짝 떴고, 다시 세 시간이 지나면 밤이 되었다. 밤이면 고양이의 세로로 긴 눈동자가 동그랗게 커졌는데, 그때를 펠리 주민들은 '고양이 눈이 열리는 시간'이라고 불렀다.

그곳에서 나고 자란 비토는 펠리를 무척 사랑했다. 바람에 살랑살랑 흔들리는 풀잎과 집채만 한 나무 아래 서늘한 그늘, 달이 뜨면 시합이라도 하듯이 온 힘을 다해 질주하는 고양이들, 그리

고 고양이들이 잠든 사이 남몰래 속닥이는 인간의 목소리를 사
랑했다.

　온몸에 갈색 점무늬가 콕콕 박혀 있는 펠리종 고양이 비토는
지구와 펠리를 잇는 통로인 웜홀의 가이드였다. 웜홀은 시공간
을 훌쩍 뛰어넘어 머나먼 지구와 펠리를 단숨에 연결했다. 비토

는 펠리와 지구를 수천 번 오가면서 펠
리에 대한 사랑이 점점 더 깊어졌다. 펠리
주민들에게는 한없이 익숙한 풍경이 비토에게는
사뭇 다르게 느껴졌다. 문명의 주인이 누구인지에 따라
세상의 풍경이 너무나 달랐다.

"비토 가이드 님! 오랜만이에요!"

그걸 아는 고양이는 비토뿐만이 아니었다. 지구에서 건너와
펠리에 터를 잡고 사는 지구종 고양이들 또한 마찬가지였다. 그
들은 비토를 보면 먼저 아는 척을 하며 인사를 건네곤 했다. 물
론 비토는 수많은 지구종 고양이를 일일이 기억하지는 못했다.
하지만 한 가지 사실만은 확실했다.

그들이 펠리로 건너온 이상 더는 지구종 고양이가 아니라는
것. 이제 어엿한 펠리의 주민인 셈이다. 그건 고단했던 지구에

서의 생활과는 백팔십도 다른, 완전히 새로운 삶을 시작했다는
뜻이기도 했다.

그래서 비토는 온몸이 비틀리는 고통을 겪으면서도 매번 웜홀
로 뛰어들었다. 수천 번을 겪어도 그 고통은 도무지 익숙해지지
않았지만, 눈을 부릅뜨고 웜홀 여행자가 무사히 비행을 마칠 수
있도록 온 힘을 다해 도왔다.

웜홀 여행은 한 치의 오차도 허용되지 않았다. 시간과 공간을
계산해서 여행자를 정확한 위치에 보내야 했다. 계산이 조금이
라도 어긋났다간 여행자를 몇 년 전, 아니 어쩌면 몇백 년 전으
로 보내 버리는 수가 있었다. 혹은 정체를 알 수 없는 외딴 행성,
자칫하다간 우주 한복판에 떨어뜨릴 수도 있었다.

한순간도 긴장을 놓을 수 없는 일이었다. 그래서 여행이 끝날
때마다 비토는 손끝 하나 움직이지 못한 채 한참을 꼼짝없이 드
러누워 있어야 했다.

비토는 웜홀을 통과한 뒤, 줄지어 들어오는 지구종 고양이들
을 인자한 눈길로 바라보았다.

"야옹."

"냐아앙."

낯선 곳에 첫발을 디딘 웜홀 여행자들은 하나같이 어쩔 줄 몰
라 하며 주변을 두리번거렸다. 비토는 개박하즙이 담긴 스프레

이를 꺼냈다. 그러고는 제 몸보다 몇 배나 작은 지구종 고양이들에게 칙칙 뿌렸다. 개박하즙이 공중에서 안개처럼 흩어져 내렸다. 콧구멍을 벌름거리던 지구종 고양이들이 눈을 반쯤 접으며 몸을 흐느적거렸다.

비토는 힘든 여행을 마치고 무사히 펠리에 도착한 고양이들을 위해 마지막 남은 힘을 쥐어짰다.

"고양이들이 행복한 세상, 펠리에 온 것을 환영합니다!"

매번 하는 말이었지만, 언제나 진심이었다.

#고양이챗챗

"이것 봐!"

성민이가 스마트폰을 들며 외쳤다.

"하트 수가 백 개가 넘었어."

또 '챗챗' 얘기였다. '챗챗'은 요즘 가장 인기 있는 SNS 앱인데, 다들 하트 수와 댓글 수를 가지고 시끄럽게 떠들었다. 치우는 애써 관심 없는 척 고개를 돌렸다.

"그거, 로봇 사진이지?"

치우도 어제 봤다. 딱 봐도 눈이 휘둥그레지는 번쩍번쩍한 로봇이었다. 어린애들이나 가지고 노는 장난감이 아니었다. 손가락 하나하나, 관절 하나하나가 신기할 만큼 섬세하게 움직였다.

"고작 백 개밖에 안 돼?"

이번에는 하영이였다. 순식간에 하영이한테로 눈길이 쏠렸다. 하영이는 어깨를 으쓱하고서 뽐내듯이 말했다.

"내가 일주일 전에 올린 그림은 벌써 하트가 삼백 개가 넘었거든."

"삼배애액?"

정수가 놀란 목소리로 되물었다.

"야, 넌 일주일 전에 올린 거잖아. 나도 일주일 지나 봐. 삼백이 뭐야, 오백은 될걸!"

성민이가 지지 않고 하영이한테 쏘아붙였다.

"그럼 오백 넘고 나서 얘기하든가."

하영이가 코웃음을 쳤다. 분위기가 금세 차가워졌다.

"야, 야! 나처럼 하트 삼십 개도 안 되는 사람 앞에서 너무하는 거 아냐?"

정수가 잽싸게 스마트폰을 꺼내 챗챗에 올린 사진을 보여 주었다. 얼굴을 잔뜩 찡그린 채 혀를 쭉 내밀고 찍은 셀카였다.

"푸핫, 박정수 얼굴 왜 저래?"

"이야, 대단하다! 대단해!"

여기저기서 웃음이 터져 나왔다. 성민이도 어느새 굳은 얼굴을 풀고 웃음을 터뜨렸다. 하영이도 고개를 살짝 돌리고서 풋, 하고 웃었다.

교실에서 끝내 웃지 못한 아이는 치우뿐이었다. 치우가 최근에 올린 사진은 하트 수가 삼십개는커녕 이십 개도 안 됐으니까. 하트 수가 적은 게 뭐라고, 자꾸만 작아지는 기분이 들었다.

치우는 고개를 푹 숙이고는 몰래 챗챗을 열었다. 정수가 올린 셀카는 그새 또 누가 눌렀는지 하트 수가 삼십 개가 훌쩍 넘어 있었다.

치우는 게시물을 쭉쭉 내렸다. 마침 '마이리틀키티'가 올린 아기 고양이 사진이 눈에 들어왔다. 기다란 흰색 털을 가진 키티는 카메라를 뚫어져라 쳐다보며 발라당 누워 있었다. 누가 봐도 아름다운 고양이, 그야말로 미묘였다. 하트 수는 무려 이천육백칠십여섯 개.

'치, 하트 수가 이 정도는 돼야지.'

치우는 하트가 어마어마하게 찍힌 키티의 사진을 한참동안 멀거니 바라보았다.

며칠 전부터 치즈만 재미있고 치우는 재미없는 숨바꼭질 놀이가 시작되었다. 치즈는 어떻게 알았는지 치우가 집에 올 때쯤이면 어딘가로

꽁꽁 숨어 버렸다.

치우는 아침에 눈을 뜨자마자 몸을 숙여 침대 밑을 살폈다. 없다. 주방으로 가서 싱크대 수납장을 열었다. 왼쪽 칸에도, 가운데 칸에도, 오른쪽 칸에도 없었다. 온기가 느껴지는 텔레비전 뒤에도, 안방 옷장에도, 재활용 상자를 모아 놓은 베란다에도, 따뜻한 햇볕이 내리쬐는 마당에도 없었다.

치우는 설마 하는 마음으로 눈을 한껏 찡그린 채 냉장고 문을 열었다. 당연히 거기에도 없었다. 결국 한숨을 푹 내쉬고는 큰 소리로 치즈를 불렀다.

"치즈야! 이치즈!"

목이 터져라 불러 보았지만 깜깜무소식이었다.

"야! 옹!!!!"

이번에는 고양이 울음소리를 크게 내질렀다. 하지만 돌아온 건 아빠의 타박과 꿀밤이었다.

"이치우, 시끄러워."

치우는 아얏! 소리를 지르며 머리를 감싸 쥐고는 씩씩거렸다. 약이 바짝 올랐다. 엄마랑 아빠는 치우한테만 늘 잔소리였다.

"이치즈, 나타나기만 해 봐!"

치우는 일부러 발을 쿵쿵 구르며 제 방으로 향했다. 등 뒤에서 아빠가 혀를 끌끌 찼다.

이름은 치즈. 이름답게 샛노란 체더치즈 색깔의 수컷 고양이. 치우가 태어나기 전부터 엄마가 키운 반려동물로, 치우보다 두 살 더 많았다. 그러니까 사실상 이 집의 터줏대감은 치즈였다. 서열을 따지자면 치즈가 1위, 엄마가 2위, 아빠가 3위, 그리고 치우가 꼴등이었다.

치즈는 터줏대감답게 언제나 제 맘대로였다. 기분이 좋을 때 면 한껏 애교를 부리며 발라당 배를 까고 뒹굴었지만, 조금이라 도 마음에 들지 않은 게 있으면 냥냥 펀치를 날리기 일쑤였다.

치우는 스마트폰으로 챗챗만 하염없이 들여다보다가 다시 거 실로 나갔다. 언제 돌아왔는지 치즈가 제 전용 방석에 떡하니 누 워 있었다.

"치즈야."

치우는 짐짓 부드러운 목소리로 치즈를 부르면서 스마트폰 카 메라를 켰다. 하지만 치즈는 보란 듯이 고개를 획 돌렸다. 치즈 가 좋아하는 간식을 코앞에서 흔들어 봤지만, 아무 소용이 없었 다. 급기야 앞발로 스마트폰을 밀어내기까지 했다.

"야, 이게 얼마나 비싼 건데!"

치우는 치즈의 동그란 머리통을 손으로 힘껏 누르고는 스마트 폰을 요리조리 살폈다. 어디 흠집이라도 났으면 큰일이니까. 하 지만 치즈는 아랑곳없이 치우한테 더 거칠게 달려들었다. 입을

앙 벌린 채 이빨을 드러내
며 무는 시늉을 했다.

심지어 사냥이라도
하듯이 공중으로 풀쩍
뛰어올라 치우한테 펀
치를 날렸다.

치우는 속이 탔다. 치즈는 정말
이지 말이 통하지 않았다. 사람이랑 이렇게 오래 살아 놓고도 사
람 말을 도무지 듣지 않았다.

"넌 왜 말을 못 알아들어!"

결국 또 빽! 소리를 지르고 말았다. 치즈는 하던 짓을 멈추고
는 황당하다는 듯이 치우를 빤히 쳐다보았다. 그것도 잠깐, 치
즈가 다시 날뛰기 시작했다. 사람으로 치면 할아버지 나이쯤 되
니까, 우리가 치즈를 더 세심하게 잘 챙겨 줘야 한다고 했던가.
어딜 봐서? 이렇게 펄쩍펄쩍 잘도 뛰는데?

"아빠, 얘 좀 봐. 이거 순 사기꾼이라니까?"

치우는 억울한 마음이 들어 자리에서 벌떡 일어났다. 그래 봤
자 고양이였다. 자기보다 작아도 한참이나 작았다. 제아무리 뛰
어올라 봤자 고작 허벅지까지밖에 못 왔다.

치즈는 약이 바짝 올랐는지 발톱을 세워 치우 바지에 쿡 박아

넣었다. 치우는 이때를 놓칠세라 다리를 번쩍 들어 이리저리 휘둘렀다. 치즈는 온 힘을 다해 치우의 바짓가랑이에 찰싹 엉겨 붙었다.

결국 아빠가 일어나 치즈를 떼어 놓았다. 연이어 퍼붓는 아빠 잔소리에 치우는 분해서 씩씩거렸지만, 치즈는 아무렇지도 않은 듯 전용 방석으로 가 느긋하게 드러누웠다. 게다가 정작 치우는 사진 찍을 생각도 하지 않았건만 앞발로 얼굴을 쓱 가렸다. 그 모습을 보자 더욱더 분통이 터졌다.

'삭제! 삭제! 삭제!'

치우는 초점이 맞지 않아서 그저 노란 덩어리로 보이는 사진들을 하나하나 지웠다. 얼마나 많은지 시간이 한참 걸렸다. 스마트폰 화면에 지문이 잔뜩 묻어 얼룩덜룩했다. 그 화면이 꼭 지금 자신의 기분 같았다.

얼마 지나지 않아 치우는 또다시 치즈한테 스마트폰을 들이밀었다.

"치즈야. 여기 봐, 여기!"

치우는 치즈가 껌뻑 달려드는 간식을 내밀었다. 그러고는 이때껏 실력을 갈고닦은 고양이 마사지를 선보인 뒤 어르고 달래며 한껏 애교를 부렸다. 치우는 매번 실패하면서도 끝내 포기하지 않았다.

마침내 피나는 노력 끝에 마음에 드는 사진을 한 장 건졌다. 햇살이 은은하게 내리쬐는 어느 날 오후, 치즈가 창가에서 꾸벅꾸벅 졸고 있을 때였다. 치우는 살금살금 다가가 치즈 얼굴이 화면에 가득 차게끔 구도를 잡아 사진을 찍었다.

그러고는 비몽사몽인 치즈 머리통을 손으로 쓱쓱 쓰다듬었다. 치즈가 귀찮은 듯 고개를 휙 내둘렀지만, 치우는 조금도 아랑곳하지 않았다. 치즈의 얼굴과 목 뒤를 꾹꾹 눌러 준 다음, 쪽 소리를 내며 뽀뽀까지 했다.

CHATCHAT ♡ Q △

피자 호빵 이치즈

#치즈 #고양이챗챗 #반려동물 #반려고양이 #친구환영

이번엔 뭔가 느낌이 좋았다. 치우는 해시태그를 잔뜩 달아 챗챗에 사진을 올렸다. 보면 볼수록 사진이 마음에 들었다. 눈을 슬쩍 감은 치즈 얼굴이 꼭 호빵 같았다. 햇볕을 받아 반짝이는 노랗고 빵빵한 얼굴이 영락없는 피자 호빵 그 자체였다.

아니나 다를까, 곧 알림음이 울렸다. 치우는 콧노래를 불렀다.

같은 반 수하가 하트를 누른 거였다. 수하는 매일같이 챗챗만 들여다보는지 치우가 게시물을 올릴 때마다 곧바로 하트를 누르고는 했다. 그걸 시작으로 연이어 알림음이 울렸다. 치우는 댓글을 확인했다.

CHATCHAT   ♡ Q ⚠

tngk888   너희 집 고양이 진짜 귀엽다!!!!   ❤
kms12341234   치즈 나이가?   ♡
sunflower_msj   이치우 뭐 하냐?   ♡
powerpower0623   호빵 아니고 찐빵 같은데ㅋㅋㅋㅋ   ♡
dkfkdkfkdkfk_00   으아ㅋㅋ 못생겼어ㅋㅋㅋㅋ   ♡

치우는 고개를 갸웃거렸다. 찐빵같이 못생겼다니, 예상했던 반응이 아니었다.

"좀 더 기다려 보자. 해시태그 검색해서 들어오는 사람도 있을 테니까."

만약 마이리틀키티처럼 유명한 동물 인플루언서가 댓글을 달아 준다면 금방 사람들이 몰려올 터였다. 순식간에 하트 수가 백 개를 넘기고, 어쩌면 천 개를 넘길지도 몰랐다. 치우는 히죽 웃으면서 친구들한테 하트 수를 자랑하는 제 모습을 떠올렸다.

하지만 아무리 기다려 봐도 하트 수는 고작 스물두 개뿐이었다. 다음 날이 되어도 그 이상의 반응은 없었다.

치우는 마이리틀키티의 계정에 들어가 보았다. 이번에 새로 올라온 게시물의 하트 수는 자그마치 천 개가 넘었다. 아무리 봐도 사진은 별것 없었다. 키티는 그저 가만히 앉아 있을 뿐이었다. 하지만 그것만으로도 샘이 날 정도로 예뻤다.

치즈는 남의 속도 모르고 오늘도 거실 바닥에 편히 앉아 햇볕을 쬐고 있었다. 앞발은 가슴 아래에, 뒷발은 엉덩이 아래에 쏙 집어넣고서. 그야말로 식빵 굽기 자세였다. 평소 같으면 "치즈, 식빵 구워?" 하고 등을 살살 어루만졌을 테지만, 지금은 도저히 그럴 기분이 아니었다.

치우는 갑자기 치즈의 모든 게 키티와 비교되기 시작했다. 노란 치즈 색은 유난히 누리끼리해 보였고, (치즈 나이에는 어쩔 수 없는 일임에도) 기다란 수염과 눈썹이 볼썽사나웠다. 실컷 먹고는 한 발짝도 움직이지 않아서 축 늘어진 뱃살은 또 어떻고.

한마디로, 키티와는 달라도 너무 달랐다. 이걸로 확실해졌다. 아기 고양이가 필요했다.

"왜?"

아기 고양이를 키우자는 말에 엄마는 단박에 이유부터 따져 물었다.

"다들 아기 고양이를 좋아하니까."

치우의 대답에 엄마 눈이 동그랗게 커졌다.

"치우야, 아기는 모두 자라서 어른이 돼."

"그치만……."

"치즈도 아기였던 때가 있었고, 치우 너도 아기였던 때가 있었잖아. 언제까지고 아기로만 사는 생명은 없어."

엄마의 말투는 부드러웠지만 예상 외로 단호했다.

"무슨 말인지 알지?"

"누가 그걸 몰라? 그럼 뭐 해? 아무도 치즈한테 관심 없는걸!"

엄마는 결국 무서운 눈초리로 치우한테 소리를 바락 질렀다.

"이치우!"

치, 정작 아무것도 모르는 건 엄마면서.

그 뒤로 치우는 몇 차례나 사진을 더 찍었지만 별로 달라지는 건 없었다. 치즈는 그야말로 나이 들고 뚱뚱하고 못생긴 고양이일 뿐이었다. 그에 비해 키티는 아무것도 안 해도 사람들이 무작정 예뻐했다. 단지 아기 고양이라는 이유로.

"냐앙."

치우의 마음을 알 리 없는 치즈가 꼬리를 일자로 바짝 세운 채 치우한테 다가와 울음소리를 냈다. 치즈가 기분이 좋을 때 하는 행동이었다.

"못생겼어."

치우는 고개를 휙 돌려 버렸다.

고장 난 고양이 이치즈

스마트폰에서 알림음이 울렸다. 챗챗에서 보낸 알림이었다. 치우는 잽싸게 알림창을 확인했다. 기대했던 알림이 아니었다. 실망감이 훅 치밀었다. 마이리틀키티가 게시물을 올렸다는 내용이었다. 얼마 전에 마이리틀키티가 게시물을 올리면 알림이 오도록 설정해 두었다.

"에휴, 그럼 그렇지."

치우는 한숨을 쉬며 알림창을 눌러 챗챗에 들어갔다.

그런데 이번에 마이리틀키티가 올린 게시물은 키티 사진이 아니었다. 다른 계정의 게시물을 공유한 거였다.

치우는 눈이 휘둥그레졌다.

happycatworld

**고양이별 놀이공원
특별 이벤트!**

**나만의 특별한
반려 고양이
사진을 올려 주세요.**

♥ ◯ △
348

귀여움? 예쁨? 멋짐? 특이함?
이것만큼은 우리 냥이가 최고라고 자신한다면?
우리 반려 고양이만의 매력을 뽐내 주세요.

반려 고양이와 함께 즐길 수 있는
고양이별 놀이공원 입장권을 다섯 분께 드립니다!
게시물 공유와 해시태그를 잊지 마세요!

#고양이별놀이공원 #반려고양이와함께하는놀이공원

사진 속 고양이별 놀이공원에는 고양이처럼 보이게끔 털옷을 입고 분장한 사람들이 가득 모여 있었다. 진짜 고양이들은 한껏 신이 나서 눈을 동그랗게 뜬 채 여기저기 뛰어다녔다.

"이거다!"

치우는 두 눈을 반짝였다.

하지만 곧 마음이 착잡해졌다. 가만히 있는 사진 한 장도 찍기가 힘든데, 고양이의 매력을 뽐낼 수 있는 사진이라니 가당치도 않았다.

치우는 잔뜩 골이 난 채로 치즈 모래통을 모래 삽으로 이리저리 뒤적였다. 속이 터졌다. 이 와중에도 치즈가 싼 똥을 치워야 하다니!

작년부터 치즈 모래통을 깨끗하게 관리하는 일은 치우 몫이었다. 사료를 챙겨 주고 물그릇의 물을 갈아 주는 건 엄마 담당이었고. 아빠는 치즈의 발톱을 깎아 주고 영양제 먹이는 일을 맡았다. 밥을 줘서 그런지 치즈는 우리 식구 중에서 엄마를 가장 좋아했다. 엄마만 보면 꼬리를 바짝 세우고 울어 댔다.

"쳇, 내가 저를 위해서 얼마나 중요한 일을 하는지도 모르고."

치우는 보이지도 않는 치즈를 향해 눈을 흘겼다. 모래통에 똥이 뭉쳐서 굴러다니면 불편한 건 치즈인데, 그걸 몰라준다는 게 몹시 억울했다. 치즈는 제 손으로 하는 일이라고는 하나도 없으면서, 치우가 원하는 건 단 하나도 순순히 들어주지 않았다.

치우는 모래 삽을 모래통으로 휙 던지며 결심했다. 이제 더는 치즈를 봐주지 않을 거라고.

치우는 베란다 한쪽 끝에 있는 수납장을 뒤졌다.

"설마 엄마가 버리지는 않았겠지?"

예전에 가족사진 찍으려고 단체로 맞춘 티셔츠가 어딘가에 있을 터였다. 치즈가 엄청 싫어해서 딱 한 번 입혀 보고는 처박아 두었는데, 그걸 입히면 못생긴 치즈도 조금은 귀여울지도 몰랐다.

치우는 그때 치즈의 모습을 똑똑히 기억했다. 언제나 느릿느릿 움직이던 치즈가 몹시 갑갑해하며 이리저리 날뛰었다. 그 모습을 동영상으로 찍으면 기가 막힐 거였다.

"와! 나, 천재 아니야? 어떻게 이런 생각을 했지?"

머릿속에서 영상이 자동으로 재생되었다.

"찾았다!"

분홍색, 하늘색, 노란색이 뒤섞인 알록달록 솜사탕 같은 옷은 치즈 물품 상자 안쪽에 들어 있었다.

치우는 옷을 꺼내 등 뒤에 숨긴 채 치즈한테 다가갔다. 치우가 음흉스럽게 웃는 걸 보고 뭔가 낌새를 느낀 걸까? 치즈가 갑자기 몸을 발딱 일으켜 세웠다.

치우는 치즈와 약간의 거리를 두고서 한참 동안 눈을 맞추었다. 그러고는 천천히 눈을 깜빡이기 시작했다. 고양이와 눈인사 하는 방법이었다. 나는 너를 해치지 않아. 너랑 싸울 생각이 없어. 치우는 치즈가 안심할 때까지 한참을 반복했다.

마침내 치즈가 고개를 쓱 돌리더니 편안하게 자세를 잡았다. 그 순간, 치우는 치즈한테로 와락 달려들었다. 그러고는 치즈를 꽉 끌어안은 다음, 티셔츠를 머리통에 억지로 끼워 넣었다. 치즈가 발버둥을 치며 야단법석을 피워도 아랑곳하지 않았다. 양다리로 치즈 다리를 꾹 잡아 누른 뒤, 왼쪽과 오른쪽 앞발을 차례로 쑥 집어넣었다.

치즈가 아무리 맹수의 피가 흐르는 고양잇과 동물이라고 해도, 사실 치우가 마음만 먹으면 못 이길 것도 없었다. 지금껏 손등과 팔뚝에 남은 발톱 자국은 영광의 상처라고나 할까.

치우는 치즈를 놓아주며 말했다.

"이게 나만 좋자고 하는 일인 줄 알아? 너랑 같이 고양이별 놀이공원에 가려는 거란 말이야. 그러니까 협조 좀 해."

치우는 스마트폰 카메라를 켜고 잽싸게 동영상 촬영 버튼을 눌렀다. 치즈는 얼굴을 잔뜩 찡그리며 어쩔 줄을 몰라 했다. 제 몸에 달라붙어 있는 천 조각이 낯설고 거북한지 고개를 갸우뚱거리다가 연방 몸을 버둥거렸다. 걷는 건 또 얼마나 웃긴지, 똑바로 걷지 못하고 비틀비틀했다. 자꾸만 몸이 이쪽저쪽으로 기우뚱거

렸다.

"치즈야."

치우가 한껏 다정한 말투로 치즈를 불렀다. 치즈는 사냥이라도 나간 것처럼 사납게 덤벼들 기세였지만, 한 발짝도 제대로 움직이지 못한 채 바닥에 풀썩 주저앉았다.

치우는 종료 버튼을 누르고는 얼른 치즈한테 입혔던 옷을 벗겨 주었다. 치우는 좋은 사진을 찍고 싶었던 것일 뿐, 치즈를 괴롭히고 싶은 마음은 눈곱만치도 없었다.

힘이 쏙 빠진 치즈는 옷을 입힐 때와는 다르게 순순히 치우 손길에 몸을 맡겼다.

"고생했어, 치즈야! 오구, 잘했어! 봐, 너도 잘할 수 있잖아."

치우는 치즈 궁둥이를 팡팡 두드려 주었다.

CHATCHAT ♡ Q △

고장 난 고양이 이치즈
주의 사항 : 고양이한테 옷을 오래 입히면 스트레스 받아서 안 돼요!

#고양이별놀이공원 #반려고양이와함께하는놀이공원
#치즈 #고양이챗챗 #반려동물 #반려고양이 #친구환영

치우는 치즈가 귀엽게 나온 부분을 캡처해서 사진으로 올린 뒤, 동영상을 첨부했다. 그야말로 완벽했다.

시간이 얼마나 지났을까? 치우는 자기도 모르게 환호성을 내질렀다. 세상에! 마이리틀키티가 치즈 동영상 게시물에 하트를 누른 거였다. 곧이어 댓글이 달렸다는 알림음도 울렸다.

CHATCHAT　　　　　　　　　　　　　　　　♡ ◯ △

my_little_kitty　　　　우아ㅠㅠ 어뜨케... 너무 귀여워요ㅠㅠㅠ　　　♥

마이리틀키티의 위력은 상상 이상으로 놀라웠다. 그 뒤로 하트 수가 점점 불어났다. 갑자기 친구 신청도 늘었다. 치우는 스마트폰 알림음이 울릴 때마다 가슴이 울렁울렁했다.

치우는 검색창에 '#고양이별놀이공원'을 입력했다. 머릿속은 온통 어떻게 해야 치즈가 돋보일까, 어떻게 해야 사람들의 관심을 더 끌 수 있을까, 하는 생각뿐이었다.

"어머, 고양이도 산책을 하네?"

줄이 달린 산책용 하네스를 가슴에 찬 치즈를 보고 지나가던 아주머니가 말을 건넸다.

"네, 저희 고양이는 산책냥이거든요."

"산책냥이?"

치우 대답에 아주머니가 눈이 휘둥그레지며 되물었다.

"네, 강아지처럼 산책을 좋아해요!"

치우는 고개를 끄덕이며 환하게 웃었다.

사실은 거짓말이었다. 치즈는 산책냥이기는커녕 거의 망부석 고양이나 다름없었다. 치우를 피해 몸을 숨길 때 말고는 언제나 제 전용 방석에 앉아서 멍하니 창밖을 바라보다 꾸벅꾸벅 조는 게 일상이었다. 그런 치즈한테 하네스를 채워서 집 밖으로 끌고 나오는 건 정말이지 보통 일이 아니었다.

하지만 산책냥이 콘셉트로 사진과 동영상을 찍어서 올리자 생각한 것 이상으로 반응이 좋았다. 앞으로 시리즈로 만들어 올리면 좋을 것 같았다. 치즈도 밖으로 나오기까지는 꽤 버텼지만, 막상 나온 뒤에는 나름대로 산책을 즐기는 것처럼 보였다.

하네스를 차고 뒤뚱뒤뚱 걷는 치즈 궁둥이가 실룩샐룩했다. 치우는 입을 헤벌쭉 벌린 채 동영상을 찍었다.

그때였다. 누군가 치즈 앞에서 발을 세게 굴렀다.

"아이, 이 좁은 길에 무슨 고양이를 데리고 나와? 짜증 나게."

자못 거친 말투였다. 그 사람이 누구인지 확인할 새도 없이, 치즈가 펄쩍 뛰더니 도로 쪽으로 잽싸게 달려갔다. 치우가 잡고 있는 줄 끝에는 하네스만 덜렁거렸다.

"치즈야, 안 돼!"

너무 위험했다. 치우는 도로를 건너는 치즈를 멍하니 바라보며 발만 동동 굴렀다. 치즈는 자동차를 피해 이리 뛰고 저리 뛰면서 갈팡질팡했다. 바로 그 순간, 자동차 한 대가 급정거를 하더니 경적을 빵빵 울렸다. 다행히 치즈는 잽싸게 반대쪽으로 달려가더니 골목길로 쏙 들어가 버렸다.

치우는 횡단보도에 초록불이 켜지자마자 치즈가 사라진 방향으로 냅다 달렸다. 얼굴이 확확 달아오르면서 울음이 목까지 차올랐다. 금방이라도 눈물이 쏟아질 것 같았다.

얼마쯤 뛰었을까? 어느 집 담 밑에서 몸을 동그랗게 만 채 바들바들 떨고 있는 치즈가 보였다. 치우는 숨을 헉헉 몰아쉬며 치즈 앞에 웅크려 앉았다.

"미안해, 미안해. 이제 집에 가자."

치즈는 치우 품에 안겨 집으로 가는 내내 몸을 움찔거렸다. 많이 놀랐는지, 작은 기척에도 몸을 바르르 떨었다. 치우는 치즈의 등을 살살 쓰다듬으며 쉼 없이 다독였다.

두 눈에 눈물이 그렁그렁 맺힌 채 집 안으로 들어서는 치우를 보고 아빠는 화들짝 놀라 자초지종을 물었다. 치우가 어찌 된 일인지 설명하자, 이내 불호령을 따끔하게 내렸다.

"고양이는 영역 동물이라서 산책시키면 안 된다고 했잖아. 치즈가 얼마나 무서웠겠니? 찾았으니까 망정이지, 어쩔 뻔했어!"

옆에서 지켜보던 엄마가 아빠를 말렸다.

"그만하면 됐어, 여보. 치우도 많이 놀란 것 같은데. 다시는 안 그러겠지."

치우는 눈물을 닦으며 방으로 들어갔다. 자기도 좋고, 치즈도 좋고, 모두 다 좋자고 한 일이었는데…… 왜 이렇게 된 건지 알 수가 없었다.

그때 스마트폰에서 알림음이 울렸다.

축하합니다! 고양이별 놀이공원 이벤트에 당첨되셨습니다.
개인 정보 확인을 위해 공식 계정 메시지로 이름과 나이, 주소를 알려 주세요!

고양이별 놀이공원

고양이별 놀이공원은 정문부터 휘황찬란했다. 우주 배경에 지구를 비롯한 여러 행성이 늘어서 있었는데, 행성마다 갖가지 색깔의 고양이 얼굴이 커다랗게 그려져 있었다.

"치즈야, 저거 꼭 너 닮았다! 호빵 같은 게!"

잔뜩 신난 치우가 노란색 고양이를 가리키며 치즈한테 말을 걸었다.

"냐앙!"

웬일로 치즈도 기분 좋은 목소리로 대답했다.

북슬북슬한 갈색 고양이로 분장한 직원이 양손을 들어 냥, 하고 고양이 소리를 내며 치우와 치즈를 맞이했다.

"이치우 어린이와 이치즈 고양이, 확인 완료했습니다. 입장 팔찌를 채워 드릴게요!"

흔하디흔한 종이 팔찌가 아니라 달칵, 소리가 나는 금속 팔찌였다. 이음새 부분에 고양이 그림이 새겨져 있었다.

"이동 가방이나 하네스는 필요 없습니다."

"놀이공원이 꽤 넓어 보이는데, 고양이들한테 위험하지는 않나요?"

치우와 치즈를 데려다주러 온 엄마 아빠가 옆에서 물었다.

"위험한 일이 발생할 가능성은 거의 없습니다. 저희 고양이별 놀이공원은 고양이들한테 최적의 환경을 제공하고 있거든요. 고양이별은 고양이의 행복을 가장 우선으로 합니다. 그것이 방침입니다. 그러니 걱정하지 않으셔도 됩니다."

갈색 고양이 직원은 똑같은 질문을 수도 없이 들었다는 듯이 술술 대답을 늘어놓았다. 그러고는 가방 속 치즈를 향해 냐아아앙, 하고 울었다.

"냐앙."

치즈도 화답하듯이 기분 좋게 울었다.

"이 치즈 고양이도 빨리 가방에서 나오고 싶다고 하네요."

갈색 고양이 직원이 씩 웃으며 엄마 아빠와 치우를 바라보았다.

"괜찮겠지?"

엄마와 아빠가 서로를 바라보며 고개를 끄덕이고는 치우한테 손을 흔들었다.

"잘 다녀와!"

"재밌게 놀고!"

치우는 엄마와 아빠한테 손을 흔든 다음, 치즈를 가방에서 꺼
내 앞발을 같이 흔들었다.

이윽고 치우가 치즈를 바닥에 내려놓았다. 치즈는 입구에 조
그맣게 나 있는 고양이 전용 통로로 냉큼 들어섰다. 그러자 삑,
소리에 이어 "이치즈 고양이, 환영합니다!"라는 음성이 들려왔
다. 치우도 입장 팔찌를 센서에 가져다 댄 다음, 입구로 들어
섰다.

"이치우 어린이, 환영합니다!"

그 소리만으로도 치우는 심장이 두근두근 뛰었다.

고양이별 놀이공원은 말 그대로 고양이를 위한
놀이공원이었다.

고양이들이 사냥 놀이를 할 수 있게 낚싯대가 공중에서 빙글뱅글 돌고 있었다.

바닥에는 장난감 쥐가 이리저리 움직이며 고양이들을 유혹했다. 또 고양이 집사라면 누구나 알 법한 캣 휠에 스크래처를 비롯한 갖가지 장난감이 몇 배나 커다란 크기로 곳곳에 설치되어 있었다.

치우도 눈이 빙빙 돌 정도인데 고양이들은 오죽할까. 치즈는 혼이 쏙 빠져서 천방지축 뛰어다녔다.

놀다가 지치면 쉴 곳도 마련되어 있었다. 커다란 캣 타워에는 벌써 고양이들이 한 자리씩 차지하고 있었다. 캣 타워 사이사이에 걸린 해먹 위로 커다란 그늘막이 햇볕을 가려 주었다.

곳곳에 고급 사료와 간식이 담긴 밥그릇이 놓여 있는 데다, 신선한 물을 마실 수 있도록 자동 급수대도 설치되어 있었다.

한바탕 사냥 놀이를 즐기고 난 뒤, 치즈는 캣 타워 한구석에 자리를 잡았다. 치우는 치즈의 등을 쓰다듬으며 으스댔다.

"다 내 덕분이야, 알지?"

치즈는 얼굴을 살짝 일그러뜨리며 하품을 쩌억 했다. 그러고는 냥, 하고 울더니 캣 타워에서 훌쩍 뛰어내렸다.

"야, 어디 가?"

치우가 소리쳐 불렀지만 치즈는 뒤도 돌아보지 않고 종종종종 걸었다. 저만치에 흰색 아기 고양이가 있었다. 치즈는 아기 고양이한테 다가가더니 머리를 가져다 대고 비볐다. 헤드번팅, 고양이가 애정을 표현할 때 하는 행동이었다.

치우는 이 좋은 장면을 놓칠세라, 잽싸게 스마트폰 카메라를 켜서 동영상을 찍기 시작했다.

"어라? 어디선가 본 적 있는데, 이 고양이?"

치우는 고개를 갸웃거리다가 자기처럼 스마트폰으로 고양이를 찍고 있는 여자아이를 보았다.

"혹시…… 키티?"

"어……, 고장 난 고양이!"

여자아이가 치우와 치즈를 손가락으로 가리키더니 깔깔깔 웃었다.

마이리틀키티였다. 우아, 여기서 만나다니! 세상이 진짜 좁다는 생각이 들면서도, 한편으로는 당연하다는 생각이 들었다. 마이리틀키티 정도면 이런 이벤트에 뽑히고도 남을 테니까.

닉네임 마이리틀키티, 이름은 최라율. 나이는 치우와 똑같은 열두 살이었다. 멜빵바지에 야구 모자를 뒤로 눌러쓴 라율이는 딱히 인플루언서처럼 보이지는 않았다. 치우는 라율이가 자신과 나이가 똑같다는 것도 그렇지만, 그냥 평범한 여자아이라는 사실이 몹시 놀라웠다.

　그러고 보면 SNS에 올라오는 게시물만으로는 그 뒤에 숨은
'진짜 사람'을 알기가 어려웠다. 치우만 해도 사진을 한참 동안
고르고 고른 다음, 수많은 고민 끝에 게시물을 올리고는 했다.
라율이도 마찬가지겠지? 인플루언서라고 해서 별반 다를 건 없
을 터였다.

치우와 라율이는 함께 놀이공원을 둘러보았다. 키티와 치즈가 앞장서서 걷고, 둘은 그 뒤를 따라서 나란히 걸었다.

마치 아기를 지켜보는 엄마 아빠가 된 듯한 기분이 들었다. 치우는 괜히 웃음이 나서 라율이와 마주 보며 킥킥거렸다. 그러자 치즈와 키티가 동시에 멈춰 서서 뒤를 돌아보았다.

"냐앙."

"미야앙."

키티의 울음소리는 마치 아기 옹알이 같았다.

'역시 아기 고양이가 귀엽긴 하네.'

치우는 괜히 아쉬운 마음에 입맛을 쩝 다셨다. 엄마한테 아무리 졸라도 소용없다는 걸 알아서 그런지 아쉬운 마음이 더 컸다.

"우리, 나중에 다시 만나서 같이 영상 찍자. 둘이 같이하면 더 인기 있을걸?"

라율이도 치우와 비슷한 생각을 한 모양이었다. 둘은 전화번호를 교환했다. 라율이는 곧바로 챗챗에서 치우를 팔로우했다.

어느새 놀이공원의 마지막 코스를 남겨 두고 있었다. 사람과 고양이가 함께 타는 1인 1묘 케이블카였다. 케이블카는 정문으로 이어졌는데, 시야가 탁 트여서 고양이별 놀이공원이 한눈에 들어왔다.

폐장 시각이 다가와서 그런지 줄이 꽤 길었다. 맨 끝으로 가서 줄을 서려는데, 앞쪽에서 큰소리가 났다.

"왜 안 된다는 거예요?"

치우와 라율이는 목을 옆으로 쭉 빼고 무슨 일인지 살폈다.

까만색 고양이 분장을 한 직원이 줄무늬 고양이를 안은 아저씨와 입씨름을 벌이고 있었다.

"방침에 어긋납니다."

"무슨 방침이요? 지금까지 실컷 줄을 섰는데, 이제 와서 그런 말을 하면 어떡합니까?"

"나비 고양이가 원하지 않아요."

줄무늬 고양이 이름이 나비인 모양이었다. 나비는 야아오옹, 하고 수줍게 울었다.

"그걸 댁이 어떻게 알아요?"

"저희는 다 알 수 있습니다. 죄송합니다. 케이블카에 탑승할 수 없습니다."

까만색 고양이 직원이 정중하게 말했다. 화가 머리끝까지 난 아저씨는 얼굴이 시뻘게진 채로 씩씩댔지만, 제아무리 그래 봤자 별수 없었다. 곧이어 직원들이 몇몇 더 다가왔다. 아저씨는 결국 백기를 들었다.

"못 탈 수도 있나 봐."

치우가 라율이한테 속삭였다.

"그러게, 걸어가기에는 좀 먼데. 그리고 영상도 찍고 싶단 말이야."

라율이 머릿속은 온통 챗챗 생각뿐인 것 같았다. 치우는 혀를 내둘렀다. 저 정도는 되어야 인플루언서를 하는구나, 하고서.

치우는 두근거리는 마음으로 차례가 오기를 기다렸다.

"치즈야, 너는 케이블카 타고 싶지? 갑자기 마음 바꾸면 안 된다, 너!"

치우는 치즈한테 마사지를 해 주며 살살 꼬셨다. 치즈는 치우 손길을 따라 눈을 살짝이 감았다가 떴다. 오랜만에 기분 좋은 치즈를 보자 치우도 덩달아 즐거웠다.

치우 앞에 있던 몇 팀은 불평을 늘어놓으며 걸어 내려갔고, 몇 팀은 환호성을 지르며 케이블카에 탑승했다. 그리고 마침내 치우와 치즈 차례였다.

까만색 고양이 직원은 스마트폰처럼 생긴 스캐너로 치우의 입장 팔찌를 찍으며 물었다.

"이치우 어린이와 이치즈 고양이 맞나요?"

"네!"

"잠시만 기다리세요."

까만색 고양이 직원은 자못 진지한 표정으로 무언가를 계속 확인했다. 스캐너 화면을 옆으로 쓱쓱 넘기며 치즈를 한 번씩 힐 끔 보았다.

"냐아아앙."

까만색 고양이 직원이 치즈한테 고양이 울음소리로 말을 건넸다. 그러자 치즈가 눈을 반짝였다.

"냐아앙."

"냐아아앙."

치즈와 몇 번이고 울음소리를 주고받고 나서야, 까만색 고양이 직원이 마침내 고개를 끄덕였다.

"이치우 어린이와 이치즈 고양이, 탑승 준비하겠습니다!"

그 말과 동시에, 케이블카 문이 활짝 열렸다. 치즈가 치우 품을 벗어나 케이블카 안으로 훌쩍 뛰어들어 자리를 잡았다. 치우도 안으로 들어가 치즈 옆자리에 앉았다.

케이블카가 서서히 움직이기 시작했다. 괜스레 가슴이 두근두근 뛰었다.

"즐거운 여행 되십시오."

까만색 고양이 직원이 양손을 흔들며 인사했다.

"즐거운 여행? 이게 마지막 코스 아닌가?"

치우는 고개를 갸웃거렸다. 하지만 그것도 잠시, 치우는 멀리 보이는 풍경에 자신도 모르게 눈길을 빼앗기고 말았다.

"라율이한테 질 수 없지."

치우는 스마트폰 카메라를 켜고 치즈를 찍기 시작했다. 치즈
너머로 보이는 고양이별 놀이공원은 마치 딴 세상 같았다.

"치즈야!"

바깥 풍경에 눈길을 빼앗긴 건 치우뿐만이 아니었다. 먼 곳을
하염없이 응시하던 치즈가 치우 목소리에 뒤를 돌아보았다.

"진짜 예쁘다……!"

그 순간 치우와 치즈 몸이 휘청였다. 케이블카가 덜컹, 하고 멈춘 거였다. 잠깐 어리둥절하던 치우는 이내 상황을 파악했다. 부리나케 치즈를 품에 안고는 큰 소리로 외쳤다.

"저기요! 저기요! 도와주세요!"

하지만 케이블카 탑승장이 너무 멀어서 치우 목소리가 거기까지 닿을 리 없었다.

"괜찮아, 괜찮아. 괜찮을 거야, 치즈야."

치우는 벌벌 떨리는 손으로 치즈를 계속해서 쓰다듬었다. 그런 치우를 치즈가 진지한 눈길로 올려다보았다.

"괜찮아, 진짜 괜찮다니까."

치우는 주문처럼 괜찮다는 말을 끝없이 되뇌었다. 치즈를 잡은 치우의 손에 힘이 꽉 들어갔다. 하지만 치우의 바람과는 달리, 케이블카가 빠른 속도로 떨어지기 시작했다.

"으아악!"

치우는 온몸이 조이는 느낌에 눈을 질끈 감았다. 무슨 상황인지 생각할 겨를도 없었다. 팔다리가 마구 비틀렸다. 탈수기 안에 들어간 빨래처럼 이리저리 쥐어짜며, 몸에서 물기란 물기는 죄다 빼 버리는 것 같았다. 여기에 쿵, 저기에 쿵! 어깨와 등, 엉덩이가 사방에 부딪히면서 뼈가 으스러지는 느낌이 들었다.

치우는 한참 만에 겨우 실눈을 떴다. 오색찬란한 불빛이 소용돌이치듯이 치우와 치즈를 감쌌다. 그때 뭔가 채찍 같은 것이 휙 날아오더니, 치우의 몸을 휘감아 거세게 잡아끌었다. 그리고…….

치우와 치즈는 어딘가로 끌려 들어갔다.

외계 행성, 펠리

"고양이들이 행복한 세상, 펠리에 온 것을 환영합니다!"

치우가 겨우 정신을 차렸을 때, 어디선가 말소리가 들려왔다. 찌푸린 눈꺼풀 사이로 정체를 알 수 없는 커다란 털 덩어리가 보였다.

"으악!"

치타? 아니다. 얼굴을 따라 흐르는 까만색 눈물 자국이 없었다. 갈색 점무늬로 봐서는 표범에 더 가까웠다.

치우는 털 덩어리에 조심스럽게 손을 가져다 댔다. 뭔가 이상했다. 표범 옷을 입었다기에는 윤기 나는 털과 그 안에서 느껴지는 근육이 마치 진짜 같았다.

털 덩어리가 치우에게 말했다.

"나는 웜홀 가이드, 비토. 여기는 고양이별 펠리야. 웜홀을 무사히 통과해 고양이별에 온 것을 환영한다."

"우아!"

치우는 자기도 모르게 탄성을 내질렀다. 고양이별 놀이공원은 정말 멋진 곳이었다. 고양이만을 위한 놀이공원인 줄 알았더니, 생각지도 못한 특별 이벤트가 숨어 있었다. 마지막 코스는 케이블카가 아니라 펠리인지 뭔지 하는 외계 고양이 마을인 듯했다.

"아, 맞다!"

치우는 그제야 치즈를 떠올리고는 화들짝 놀라 물었다.

"우리 치즈는요? 어디 있어요? 많이 놀랐을 텐데!"

그 말에 비토가 환하게 웃으며 손가락을 들어 한쪽을 가리켰다. 손가락 끝을 따라가자 어딘가로 걸어가는 치즈가 보였다. 그쪽으로 달려가려는데, 비토가 앞을 막아섰다.

"인간은 이쪽!"

비토 말에 고개를 돌리자, 저 멀리 앞쪽에 아름드리나무가 여섯 그루 보였다. 나무둥치마다 문이 있었다.

"펠, 리, 입, 국, 센, 터."

치우는 나무에 하나씩 적힌 커다란 글자를 읽었다. 펠리 입국센터. 생김새도 분위기도 전혀 달랐지만, 공항 출입국 관리소 같

은 느낌이었다. 고양이와 사람이 지나가는 문이 서로 달랐다. 가장 왼쪽 끝 나무에는 '지구종 인간 전용', 그 옆에는 '펠리종 인간 전용'이라 적혀 있었다. 그 옆으로 두 그루는 '펠리종 고양이 전용', 마지막 두 그루는 '지구종 고양이 전용'이었다.

치즈는 '지구종 고양이 전용' 통로를 지나고 있었다. 치우는 눈이 휘둥그레졌다. 네발로 걷던 치즈가 갑자기 허리를 쭈욱 펴더니 몸이 커다래지는 거였다. 멀어서 정확히 보이지는 않았지만, 치우보다 훨씬 더 커진 것만큼은 확실했다. 게다가 두 발! 치즈는 사람처럼 두 발로 걷기 시작했다.

치우는 손등으로 눈을 뻑뻑 비비고는 다시 치즈를 멀거니 바라보았다.

"말도 안 돼……."

치우는 잽싸게 스마트폰을 꺼내 카메라를 켰다. 그 순간, 비토가 스마트폰을 낚아챘다.

"뭐 하는 거예요! 이리 주세요!"

"지구에서 가지고 온 물건은 모두 압수야. 출국할 때 다시 받을 수 있을 거다."

"그치만……."

비토가 우물쭈물하는 치우를 보고 씁쓸하게 웃었다. 그리고는 천천히 입을 열었다.

"치우라고 했나?"

"네."

"여기는 지구가 아니야. 다시 한번 만져 볼래?"

비토가 치우한테 팔을 내밀었다. 치우는 조심스럽게 비토 팔을 만졌다. 그러고는 입을 삐죽이며 피부를 잡아당겨 보았다. 분장을 위한 옷이 아니었다. 진짜 고양이 털에 진짜 고양이 피부였다.

"펠리에 처음 오는 인간은 모두 너처럼 이 상황을 선뜻 받아들이지 못하지. 하지만 여기는 지구가 아니라 고양이별이야. 어쩌면 넌 앞으로 여기서 계속 살아야 할 수도 있어."

비토는 커다란 몸을 낮추어 쪼그려 앉더니 치우와 두 눈을 마주했다.

"여기 있는 동안은 고양이별의 규칙을 어기면 안 돼. 너를 위해서 하는 말이야. 명심해."

비토는 치우를 번쩍 들어 올리더니 '지구종 인간 전용' 통로에 내려놓았다.

'연극인가?'

치우는 체험 프로그램 속의 연극일지도 모른다고 생각했다. 아니, 이게 다 연극이기를 바랐다. 진짜일 리 없다고, 모든 게 가짜라고. 이렇게 말도 안 되는 상황이 진짜……일 리가 없잖아?

치우는 애써 마음을 다독였지만, 한편으로는 자꾸만 무시무시

한 생각이 들었다. 웜홀 가이드라는 고양이가 진짜 외계 고양이 이고, 저 앞에 몸이 커다래진 채 두 발로 걷고 있는 치즈가 실제 라면. 그러니까 여기가 정말로 딴 세상이라면.

그 순간 어디선가 매캐한 연기가 흘러왔다. 눈물과 콧물이 주르르 흐르더니, 콜록콜록 기침이 연거푸 쏟아졌다. 손으로 입을 틀어막아도 소용이 없었다. 게다가 출입구가 모두 막혔는지 앞으로도 뒤로도 나갈 수가 없었다.

문을 두드리면서 발길질을 몇 차례 하자, 어디선가 목소리가 들려왔다.

"소독 중입니다. 잠시만 기다려 주십시오."

치우는 이내 탈출을 포기하고 머리를 감싼 채 바닥에 주저앉았다. 정신이 흐릿해졌다. 이 모든 게 꿈이었으면 좋겠다는 생각마저 점점 희미해졌다.

치우가 눈을 뜬 곳은 어두컴컴한 방 안이었다. 푹신한 침대에 누워 있었다.

"제발…… 내 방이어라, 내 방이어라."

치우는 어둠에 익숙해지기를 기다리며 두 눈을 꼭 감았다가 다시 떴다. 그때 옆에서 기척이 느껴졌다.

"누구세요?"

말을 다 마치기도 전에 팔에서 뭔가 따끔한 느낌이 났다. 고개를 돌리자, 하얀 가운을 입고 마스크를 낀 회색 줄무늬 고양이가 보였다.

"뭐 하는 거예요!"

치우가 소리쳤지만 줄무늬 고양이는 아랑곳하지 않았다. 치우 몸을 능숙하게 짓눌러서 움직이지 못하게 했다. 그러고는 과격한 몸놀림과는 어울리지 않게 다정한 목소리로 말했다.

"꼬마야, 조금만 참아. 나는 펠리 입국 센터 검역소의 간호사란다. 피 검사를 해야 하니까 조금만 참아."

고양이 간호사는 아이를 어르듯이 울룰루, 하고 몇 번이나 이상한 소리를 냈다. 치우는 고양이 간호사를 노려보았다.

"내 몸에 이상한 짓 하는 거 아니에요?"

"펠리는 지구보다 문명이 훨씬 발달한 행성이야. 하긴, 설명해 준다고 알아듣겠니? 지구처럼 미개한 곳에서 살다 왔는데. 어쨌거나 검사 결과 나올 때까지 기다려야 해. 그 뒤에 네 주인한테 데려다줄게."

주인이라니, 그건 또 무슨 소리지? 치우는 고양이 간호사가 하는 말을 하나도 이해할 수 없었다. 왠지는 모르지만 동물 취급을 당하고 있는 듯한 기분이 들었다.

치우는 제 팔뚝을 세게 꼬집었다. 엄청나게 아팠다. 그다음에는 양손을 들어 얼굴을 착착 때렸다. 역시나 아팠다. 끔찍하게도 꿈이 아닌 것 같았다.

고양이 간호사는 피가 든 통을 무심하게 흔들다가 치우 손을 꼭 잡았다.

"꼬마야, 내가 너 같은 인간을 한둘 본 게 아니야. 다 소용없어. 그냥 순순히 받아들여. 펠리는 인간이 살기에 그리 나쁘지 않아. 네가 네 처지를 받아들이기만 한다면."

치우는 몸을 벌떡 일으켰다. 그러자 고양이 간호사가 치우를 툭 밀어 넘어뜨렸다. 치우는 자기보다 덩치가 세 배는 큰 고양이를 당해 낼 재간이 없었다. 덩치뿐 아니라 힘에서도 분명하게 차이가 느껴졌다. 게다가 입을 열 때마다 보이는 날카로운 송곳니는 고양이라기보다는 맹수에 더 가까워 보였다. 치즈가 가끔 이빨을 드러낼 때와는 비교가 되지 않을 정도로 위압적이었다.

치우는 어쩔 수 없이 다소곳해졌다. 고양이 간호사는 꼬리를 살랑살랑 흔들며 뒤돌아 나갔다. 이내 문이 닫히면서 달칵, 문 잠기는 소리가 났다. 치우는 벌떡 일어나 문 쪽으로 달려갔다. 손잡이를 잡고 이리저리 돌려 보았지만, 덜컹거리는 소리만 들릴 뿐이었다.

사방을 둘러봐도 창문 하나뿐인 작은 방. 치우는 그곳에 홀로 남은 채 어찌할 줄 몰라 하며 그저 덩그러니 서 있었다.

뭔가 시간이 이상하게 흐르는 것 같았다. 시간이 얼마 지나지 않은 것 같은데 낮과 밤이 몇 차례나 오갔다. 그사이 치우는 예방 접종 주사를 몇 번 맞았다. 그리고 정체를 알 수 없는 링거를 팔에 매단 채 고양이 사료처럼 생긴 맛없는 시리얼을 먹었다.

감히 반항할 엄두를 낼 수가 없었다. 고양이 간호사는 말투만 친절할 뿐, 행동은 항상 거침이 없었다.

치우는 침대에 몸을 동그랗게 말고 누워 있다가, 도저히 못 버티겠다 싶을 때쯤 한 번씩 창밖을 내다보았다. 창 너머 광장에는 고양이를 위한 놀이기구가 가득했다. 광장을 가로질러 흐르는 강에는 물고기를 잡는 고양이들이, 저 멀리 너른 들판에는 두 발이나 네발로 뛰어다니는 고양이들이 보였다. 그 모습이 한없이 평화롭게 느껴졌다. 낯설고도 신기했다.

치즈도 저기 어딘가에 있을까. 문득 두 발로 '지구종 고양이 전용' 통로를 지나던 치즈의 뒷모습이 떠올랐다.

시간이 얼마나 지났을까. 꽁꽁 닫혀 있던 문이 벌컥 열렸다. 고양이 간호사 뒤로 까만색 고양이가 뒤따라 들어왔다. 벨벳처럼 털에 윤기가 좔좔 흐르는 까만색 고양이는 스캐너로 치우의 팔찌를 찍었다. 치우 손목에는 고양이별 놀이공원 입장 팔찌가 그대로 채워져 있었다.

"지구종 반려동물, 인간 이치우, 검역 완료."

"반, 반려동물이라니요?"

깜짝 놀란 치우가 되물었지만, 까만색 고양이는 제 할 말만 내뱉었다.

"검사 결과, 이상 없음. 주인 고양이에게 이송 예정."

"주인 고양이는 또 무슨 소리예요? 제발 알아들을 수 있게 말해 줘요!"

"나는 반려 인간 담당 부서 소속 경찰 제리다. 조용히 따라오는 게 좋을 거야."

제리가 사나운 눈초리로 말했다. 곧이어 고양이 간호사가 제리한테 물었다.

"이동 가방에 넣는 게 낫지 않을까? 조그만 게 꽤 사나워."

"그래 봤자 인간 꼬만데, 뭐."

제리는 하찮다는 듯이 치우를 한번 쓱 보고는 따라오라며 고개를 까딱였다.

고양이 주인과 반려 인간

"조금만 쉬었다 가면 안 돼요?"

치우가 가쁜 숨을 내쉬며 물었다. 어둠이 눈에 익었다고는 해도 긴 다리로 성큼성큼 걸어가는 커다란 고양이를 쫓아가는 건 쉽지 않았다.

"너 때문에 시간이 얼마나 더 걸리는지 알아? 나 혼자였으면 진작에 도착했을 거야."

제리가 투덜거렸다.

"그렇지만 너무 어두운걸요?"

"쯧, 이래서 인간은……. 별빛이 저렇게 반짝거리는데 무슨 소리야?"

그 말에 치우는 하늘을 올려다보았다. 하늘을 한가득 수놓은

별이 금방이라도 쏟아질 것만 같았다. 걸음을 멈추고 우뚝 서서 한참이나 별을 바라보았다. 딴 세상에 와 있다는 것이 제대로 실감이 났다. 무지무지 멋진데도 자꾸만 겁이 났다.

치우가 멍하니 서서 주변을 둘러보자, 제리가 한숨을 푹 내쉬었다. 그러고는 치우를 번쩍 들어 제 어깨에 올렸다.

"으악!"

치우는 깜짝 놀라 제리 목을 두 손으로 움켜잡았다.

제리 말이 맞았다. 지금껏 제리는 치우 걸음나비에 맞춰서 걸어 준 거였다. 보폭이 얼마나 넓은지 한 발짝 걸을 때마다 치우는 몸이 절로 휘청거렸다.

치우는 제리 어깨 위에서 주변을 찬찬히 둘러보았다. 별빛에 반짝이는 강물이 보였다. 그런데 갑자기 졸졸 물소리 사이로 벅벅, 소리가 섞여 들었다.

"이건 무슨 소리예요?"

"스크래처 긁는 소리. 광장에 있는 대형 스크래처는 펠리의 자랑이지."

제리가 으스대며 말했다. 스크래처는 긁는 습성이 있는 고양이가 발톱을 긁을 수 있게 만들어 놓은 기구였다. 고양이별 놀이 공원처럼 여기 광장에도 여러 개가 설치되어 있는 모양이었다.

"오, 제리. 이번에 지구에서 새로 온 반려 인간인가?"

그때 누군가 제리를 보고 알은체를 했다.

"어, 전적이 꽤 화려해."

"요런 꼬마가?"

"인간이 다 그렇지."

"그래도 자네는 인간을 좋아하잖아. 꼬마야, 마음씨 좋은 경찰을 만난 걸 다행으로 여겨. 아니면 저쯤 어디서 굴러가고 있을걸? 하하하."

치우는 얼룩덜룩한 털로 뒤덮인 고양이가 농담이랍시고 던진 말에 인상을 찌푸렸다.

"쓸데없는 소리."

제리는 피식 웃으며 다시 재바르게 발을 놀렸다.

"인간을 좋아해요?"

치우가 물었다. 그러자 제리가 되물었다.

"너도 고양이를 좋아하지 않나? 고양이한테 좋은 인간이라고 할 수 있을지는 모르겠지만."

뒷말이 마음에 좀 걸렸지만, 치우는 확실히 고양이를 좋아했다. 그리고 이 무뚝뚝한 고양이 경찰도 인간을 좋아한다니, 조금은 안심이 되었다.

치우는 제리 목을 좀 더 부드럽게 감싸안았다. 그러고는 내친김에 아까부터 만져 보고 싶었던 털을 살살 쓰다듬었다. 생각했던 것보다 훨씬 더 부드러웠다.

순간 제리가 치우 손을 거칠게 떼어 내고는 날카로운 송곳니를 드러냈다.

"뭔가 착각하는 모양인데, 여긴 지구가 아니야. 인간은 그저 고양이가 키우는 반려동물일 뿐이라고. 무슨 말인지 알겠나? 어디 인간 따위가 허락 없이 감히!"

제리의 노란 눈동자가 무시무시하게 빛났다. 치우는 얼른 손을 거두며 어깨를 잔뜩 움츠렸다. 조금 전까지 안심했던 것이 그저 무색할 뿐이었다.

그제야 아까 제리가 한 말이 조금 이해되었다. 고양이를 좋아한다고 해서 고양이한테 반드시 좋은 인간이라고 할 수 없듯이, 인간을 좋아한다고 해서 인간한테 반드시 좋은 고양이라고 할 수는 없는 것이다.

'하지만 나는 제리랑 달라.'

치우는 다시금 제리 목을 꽉 감싸안았다.

어느덧 해가 밝아 오고 있었다. 까맣던 하늘이 조금씩 밝아지더니, 저 멀리 지평선이 붉게 물들었다. 주변 풍경이 서서히 눈에 들어왔다.

치우는 입을 쩍 벌렸다. 일정한 간격으로 심어진 나무마다 나무 집이 몇 채씩 달려 있었다. 캣 타워였다. 어마어마하게 큰 캣

타워.

고양이가 점프해서 올라갈 수 있도록 발판이 놓여 있고, 그 앞에 작은 방이 하나씩 연결되어 있었다. 문이 있기도 하고 없기도 하고, 지붕이 있기도 하고 없기도 했다.

어떤 건 바닥이 투명해서 아래가 훤히 내려다보였다. 고양이 몸이 겨우 하나 들어갈 정도로 작은 방부터, 규모를 가늠할 수 없을 만큼 커다란 방까지 크기도 제각각이었다.

그런 나무가 한두 그루가 아니었다. 못해도 수십 그루는 되어 보였다. 제리는 그중 하나로 성큼성큼 걸어갔다. 그러고는 나무 기둥에 달려 있는 벨을 눌렀다. 캣 타워가 부르르 진동했다. 이윽고 문이 하나 열렸다.

가장 꼭대기에 있는 작은 방이었다. 거기에서 얼굴을 내민 건 다름 아닌 노란 체더치즈 색깔의 고양이였다.

몸집이 원래보다 한참 커다래졌지만 치우는 한

눈에 알아보았다.

치즈였다. 치우를 흘깃 바라보는 치즈 특유의 표정이 보였다. 경계심이라고는 전혀 찾아볼 수 없는 여유로운 눈빛. 치우가 그 표정을 모를 리가 없었다.

"치······, 치즈야. 치즈 맞지? 맞잖아, 이치즈!"

못 본 지 고작 며칠밖에 되지 않았는데도 반가움과 서운함과 억울함이 한꺼번에 밀려들었다. 눈물이 날 것 같아서 말도 제대로 나오지 않았다.

치즈는 나무 집 사이사이에 놓인 발판을 멋지게 점프해서 아래로 내려왔다. 치우는 당연히 자기한테 먼저 다가오리라고 생각했지만, 치즈는 정작 눈길도 주지 않은 채 곧장 제리한테로 향했다.

배신감이 훅 몰려왔다. 뭐, 반가운 인사까지는 기대도 하지 않았다. 그래도 제리보다는 자신이 먼저여야 했다. 근데 본체만체 지나가 버리다니!

치우는 서운함이 울컥 올라와 고개를 휙 돌려 버렸다.

"이치즈 고양이 맞습니까?"

제리가 묻자, 치즈가 고개를 끄덕였다.

제리는 스캐너로 치우의 팔찌를 찍고는 치즈한테 스캐너 화면을 내밀었다.

"반려동물을 넘겨받았다는 확인서에 서명해 주세요."

치즈가 원래 제 앞발보다 훨씬 길어진 발가락, 아니, 손가락으로 펜을 쥐더니 화면에 이름을 쓱쓱 갈겨썼다.

"뭐야, 내가 택배도 아니고."

치우는 발끝으로 땅을 차며 투덜거렸다. 치즈와 제리가 동시에 치우를 쳐다보았다. 치우는 마음이 몹시 상했다. 자기를 보고도 전혀 반가워하지 않는 치즈한테 마음이 상했고, 마치 물건인양 자기한테는 묻지도 않고 이런 식으로 주고받는 것도 마음이 상했다.

"이게 뭐야? 대체 왜 이러는 건데? 나는 물건이 아니라 사람이거든!"

치우가 둘을 번갈아 보며 소리쳤다. 제리가 조금 무섭긴 해도 옆에 치즈가 있어서 그런지 목소리에 힘이 실렸다.

"앞으로 주인님 말씀 잘 들어. 그래야 이쁨 받지."

제리가 치우를 치즈 쪽으로 슬쩍 밀면서 말했다. 그러고는 저만치로 성큼성큼 걸어갔다.

치우는 뾰로통한 얼굴로 치즈한테 쏘아붙였다.

"네가 내 주인이야?"

"헛소리 그만하고 따라 올라와."

처음 듣는 목소리였다. 치우가 아는 치즈보다 좀 더 차분한 느낌이었다. 으악, 치즈가 말을 하다니! 기분이 묘해지면서 또다시 울컥했다.

"빨리 안 와?"

그것도 잠시, 치즈가 나무 집 발판을 밟고 올라서서 치우한테 빨리 올라오라고 재촉했다. 치우는 속이 부글부글 끓었다. 그래도 별수 없었다. 고양이별인지 펠리인지, 이 이상한 곳에서 믿을 수 있는 건 치즈뿐이니까.

치우는 첫 번째 발판 위로 올라갔다. 하지만 두 번째 발판까지 가려면 치즈처럼 점프를 해야 하는데, 그건 도저히 불가능해 보였다. 치우는 고양이가 아니라 사람이니까.

인정하고 싶지는 않지만 저만큼을 뛸 정도로 다리가 길지도 않았다. 치우는 치즈를 보며 짐짓 애절한 눈빛으로 고개를 저었다.

"나는 못 올라가."

치즈는 한숨을 푹 내쉬더니 뒤쪽을 가리켰다.

"저 뒤에 사다리 있으니까 그거 타고 올라와."

사다리는 나무 꼭대기까지 이어져 있었다. 쳐다보기만 해도 아찔했다.

"엄마 아빠 보고 싶어."

치우는 엄마 아빠를 떠올렸다. 고양이별 놀이공원에서 기다리고 있을 텐데, 지금쯤 치우를 얼마나 애타게 찾고 있을까.

"이 치즈, 두고 봐."

치우는 사다리 쪽으로 가서 이를 꽉 물고는 한 발 한 발 위로 올랐다. 팔에다 어찌나 힘을 줬는지 온몸이 다 뻐근했다. 다리는 전동 장난감처럼 쉼 없이 덜덜 떨렸다. 잠깐이라도 방심하면 그대로 추락이었다. 그러거나 말거나, 치즈는 조금도 아랑곳하지 않았다.

사람 집처럼 거실에는 소파와 탁자 같은 가구가 있었다. 주변을 휘둘러보니 텔레비전이나 냉장고 같은 가전제품도 보였다. 그것 말고는 완전히 달랐다. 일단 전등이 없었다. 그리고 벽과 바닥은 부드러운 재질로 만들어진 데다, 집 안 곳곳이 모난 데 없이 죄다 둥글둥글했다.

가장 다른 건 공간을 활용하는 방식이었다. 사람의 공간이 수평으로 짜여 있다면, 여기는 수직으로 이루어져 있었다. 방 한쪽 귀퉁이로 계단이 나 있었고, 반대쪽에는 미끄럼틀이 설치되어 있었다.

"와, 키즈 카페 같아!"

치우는 금세 두 눈을 반짝이며 환호성을 내질렀다. 치즈가 그걸 보고 껄껄 웃더니 이렇게 대답했다.

"그래, 일단은 놀아."

치우는 나무 집을 차근차근 탐험했다. 사다리를 타고 오르내리는 건 아직 무서웠지만, 방과 방을 연결하는 투명한 관을 타고 이동하는 건 마치 놀이기구를 탈 때처럼 신이 났다.

하지만 역시 가장 좋은 건 거실이었다. 울퉁불퉁하고 경사진 바닥을 데굴데굴 굴러 보는 것도, 미끄럼틀을 타고 내려왔다가 다시 엉금엉금 기어 올라가는 것도, 거실 밖에 달려 있는 해먹에 매달리는 것도 무척 재미있었다.

"치우야, 이리 와 봐."

치즈가 방 하나를 가리켰다. 다행히 이번에는 거실과 방 사이에 뛰어넘기 힘든 발판이 아니라, 구름다리처럼 제대로 이어진 다리가 놓여 있었다.

치우는 다리를 건너간 뒤 방문을 열었다. 그러자 치즈가 벽에 붙은 스위치를 눌렀다.

순간 방 안 가득히 환하게 불이 들어왔다.

"전등이 있어?"

치우가 묻자, 치즈가 대답했다.

"네 방이니까."

곧이어 치즈가 자랑스럽게 덧붙였다.

"옆에 인간용 화장실도 있어! 볼래?"

"잠깐만, 잠깐만!"

치우는 화장실을 보여 주려는 치즈한테 손
사래를 쳤다. 뭔가 잘못되어도 단단히 잘못된 것
같았다.

"여기에 왜 내 방이 있어?"

"그야 네가 살 곳이니까."

"내가 왜 여기서 살아?"

"여기가 네 집이니까."

뭔가 말을 하면 할수록 더 말이 통하지 않는 기분이 들었다. 분명히 사람 말로 대화를 하고 있는데, 서로의 말이 보이지 않는 벽에 가로막혀 팅겨 나오는 것만 같았다. 치우는 치즈를 한참 바라보다가 천천히 입을 열었다.

"여기는 내 집이 아니야. 내 집은 엄마 아빠가 있는 곳이야."

"그건 지구에 있을 때 얘기고, 여긴 고양이별이잖아. 그러니까 이게 네 방이야."

"누구 마음대로?"

"내 마음대로."

"……"

치우는 머리가 지끈지끈 아파 왔다. 침대에 걸터앉아 치즈가 치우 방이라고 우기는 공간을 찬찬히 둘러보았다. 지구에 있는 방과 크게 다를 바 없었다. 침대와 책상과 책장, 낮이면 햇볕이 쏟아져 들어올 것 같은 커다란 창문…….

치즈 말대로라면 침대 옆으로 보이는 문은 화장실이 분명했다. 하지만 적당히 흉내를 냈다고 해서 지구에 있는 진짜 치우 방이 될 수는 없었다. 여기는 지구가 아니라 고양이별이니까.

"잘 들어. 고양이별에는 고양이별의 규칙이 있어. 여기는 고양이가 주인인 행성이야. 네가 어떻게 행동하느냐에 따라 애완 인

간이 될 수도 있고, 반려 인간이 될 수도 있어. 지구에서 고양이
들이 살아가는 방식처럼 말이야.”

치우는 치즈의 말을 들으면 들을수록 여기서는 살지 못하겠다
는 생각이 들었다. 그래서 아주 조그마한 희망이라도 있기를 바
라며 치즈한테 물었다.

“지구로 돌아갈 수 있는 방법은?”

치즈는 아무 대답 없이 방에서 나가더니 조금 뒤에 다시 돌아
왔다. 그러고는 잡지 하나를 내밀었다. 거기에는 이렇게 적혀 있
었다.

 반려 인간 사진 콘테스트

멋진 반려 인간의 모습을 뽐내 주세요!
매주 다섯 팀을 선정해 지구 체험권을 선물합니다!

신청 방법 : 반려 인간이 행복한 잡지 《반려인》 홈페이지 접수

치우는 머리를 한 대 얻어맞은 기분이었다.

“이런 말도 안 되는…….”

“말이 왜 안 돼? 너도 고양이별 놀이공원 체험권을 받아서 여

기 온 거잖아. 요즘 반려 인간은 바짝 마른 게 유행이라더라. 그
러니까 오늘부터 굶어."

치즈는 차가운 말투로 이렇게 말하고는 치우를 내버려둔 채
휙 나가 버렸다.

반려 인간으로 사는 법

종일 먹은 거라고는 영양제와 물이 전부였다. 치즈는 강에서 사냥해 온 물고기를 구워 먹으면서도 치우한테는 눈길도 주지 않았다.

"영양제 먹으면 괜찮아. 하루에 필요한 영양소는 충분히 들어 있으니까."

배가 고프다고 화내는 치우한테 고작 한다는 소리가 그랬다.

펠리는 지구 시간으로 세 시간마다 낮과 밤이 바뀌었다. 치우가 검역소에 갇혀 있을 때 시간을 가늠하지 못했던 건 그 때문이었다.

고양이들은 대체로 밤에 활동했다. 치즈도 마찬가지였다. 낮이면 나무 집 어딘가에서 늘어지게 누워 있다가 밤이 되면 사냥이나 산책을 나가고는 했다.

고양이가 영역 동물이라는 것도 다 지구에 한정된 이야기였다. 웜홀 가이드 말처럼, 펠리는 고양이들이 행복한 세상이었고, 위험할 게 하나도 없는 곳에서 치즈는 그야말로 '고양이답게' 살았다. 자기 멋대로, 자기 내키는 대로.

그에 비하면 치우는 마음대로 되는 일이 하나도 없었다. 치즈가 주는 대로 먹어야 했고, 밖에 나가려 해도 치즈한테 허락을 받아야 했다.

치즈는 걸핏하면 사다리를 치워 버리고는 했는데, 그러면 치우는 꼼짝없이 나무 집에 갇히는 신세가 되었다.

팔에서 자꾸만 달그락거리는 팔찌도 빼 버리고 싶었다. 하지만 펠리에 사는 반려동물이라면 팔찌를 꼭 차고 있어야 했다.

치우가 팔찌 때문에 툴툴거리자, 치즈가 차가운 표정으로 되물었다.

"지구에서도 반려동물 몸에 칩을 심잖아?"

"하지만 그건 다 필요해서……."

"여기서도 필요해서 그런 거야. 절대로 빼선 안 돼. 그건 신분증이나 마찬가지라고. 팔찌가 없으면 경찰에 잡혀가."

치즈는 걸핏하면 지구 타령을 해 댔다. 지구에서는, 지구에서는, 지구에서는! 그러면 치우는 딱히 반박할 말이 없어졌다. 치즈 말이 다 맞으니까.

이번에도 그랬다. 밖이 어두워서 나가기 싫다는데도, 치즈는 꾸역꾸역 치우를 데리고 나갔다.

"내 눈은 낮보다 밤이 더 편해. 그리고 여기에서 살려면 너도 어둠에 익숙해져야지."

치우는 입을 앙다물고는 잘 보이지 않는 사다리 발판을 더듬더듬 밟아 내려갔다. 이제 입씨름하는 것도 지쳤다. 어차피 결국은 치즈 마음대로 할 테고, 괜히 투덜거려 봐야 입만 아팠다. 최대한 아무 생각도 하지 않으려고 애썼다. 그게 차라리 마음이 편했다. 주는 대로 먹고, 시키는 대로 하는 것.

겨우 캣 타워 밑으로 내려온 치우는 치즈를 향해 조심조심 걸었다. 그런데 무언가 발에 차이는 느낌이 나는가 싶더니, 난데없이 비명 소리가 들렸다.

"아야!"

치우는 휘청거리는 몸을 겨우 제대로 세우고는 제 발에 걸린 덩어리를 살폈다. 뜻밖에도 그건 사람이었다.

"으아악!"

치우는 너무 놀란 나머지, 자기도 모르게 소리를 냅다 질렀다. 치즈가 달려와 눈앞의 광경을 보고는 이내 한숨을 내쉬었다.

"치우, 네 친구네."

그 말에 치우는 눈을 동그랗게 떴다. 그저 새까맣기만 할 뿐, 아무것도 보이지 않던 시야가 조금씩 빛을 받아들였다.

"라율이……?"

"치우?"

둘은 반가운 마음에 서로를 부둥켜안았다. 고양이별 놀이공원에서 치우 다음으로 케이블카를 탄 라율이는 우여곡절 끝에 키티 집에 도착했다.

그런데 세상에! 그 집이 바로 치즈 옆집이었던 거다.

"근데 왜 여기서 자고 있어?"

라율이는 잠깐 고민하더니 어렵사리 입을 열었다.

"사실 지구에 살 때 키티는 베란다에서 살았거든."

"베란다?"

치우가 되물었다. 라율이는 빤히 쳐다보는 치우와 치즈의 눈길을 피하며 우물쭈물 대답했다.

"응, 엄마가 고양이 털 알레르기가 있어서. 엄마가 엄청 반대했는데, 내가 억지로 우겨서 키티를 데려와 키운 거였거든. 그래서 엄마가 있을 때는 키티를 무조건 베란다로 내보냈지. 그래서 그런가? 내가 무슨 말만 하면 키티가 나를 집 밖으로 쫓아내는 거 있지?"

"그래도 쫓아내는 건 너무한데?"

"그치, 그치?"

라율이가 풀 죽은 목소리로 맞장구쳤다.

그때였다. 치즈가 들으라는 듯이 중얼거렸다.

"인과응보."

"뭐라고?"

치우가 무슨 말인지 몰라 되물었다.

"원인이 있으니까 결과가 있는 거라고. 지구에서 한 짓을 그대로 돌려받는 거지."

"넌 무슨 말을 왜 그렇게 해? 다 그럴 만하니까 그랬던 거지. 고양이 털 알레르기가 있는데, 그럼 어떻게 해야 돼?"

치우가 치즈한테 톡 쏘아붙였다. 그 말에 치즈의 갈색 눈동자가 세로로 길게 좁아졌다가 다시 동그랗게 돌아왔다. 치우는 치즈의 눈치를 살피면서 달래듯이 말했다.

"치즈야, 라율이 우리 집에 데려가 재우자."

"안 돼."

치즈가 단호하게 대답했다.

"왜?"

"여기서 라율이 주인은 키티니까. 키티가 알아서 할 일이야. 인사 다 했으면 이제 그만 가자."

"그래도……."

"쓰읍!"

치즈는 엄마 아빠가 치우를 혼낼 때면 하듯이 쓰읍, 하고 공기를 빨아들이는 소리를 냈다. 그러고는 커다란 손으로 치우 어깨를 잡고는 뒤로 돌려세웠다. 더는 말해도 받아 주지 않겠다는 뜻이었다.

"근데 너, 방금 '우리 집'이라고 했지?"

치즈가 싱글벙글 웃으며 물었다. 하지만 치우는 라율이가 마음에 걸려서 그 말이 귀에 들어오지 않았다.

'이건 너무하잖아.'

치우는 뭔가 잘못됐다는 걸 알면서도 당장 자기가 할 수 있는 일이 없다는 사실에 머릿속이 복잡해졌다.

치즈는 악독한 훈련사였다. 치우가 헉헉거려도 절대로 봐주지 않았다. 계속 앞장서 걸으며 얼른 오라고 손가락만 까딱일 뿐이었다.

"이치우, 느려!"

치우는 입을 삐죽이면서도 치즈를 따라잡기 위해 계속 달렸다. 다리가 후들거리고 숨이 턱 밑까지 차올라도 별수가 없었다. 멋진 사진을 찍어서 지구 체험권을 얻어 내려면 지금은 치즈가 시키는 대로 하는 수밖에.

하지만 이런 다짐도 오래가지 못하고 깨져 버렸다. 치우는 고양이 털옷을 입었다 벗었다를 반복하다가 결국 자리에 철퍼덕 주저앉았다. 치즈는 물 마실 틈도 주지 않은 채 치우를 연방 닦달했다.

고양이 털옷은 무지무지 무거워서 어깨가 절로 구부정해졌다. 게다가 모자까지 눌러쓰면 머리카락이 죄다 눌려서 볼품이 없었다. 한마디로, 전혀 멋지지도, 귀엽지도 않았다.

빨간색, 노란색, 초록색……. 처음에는 치우도 치즈가 주는 옷을 입고 낑낑대면서도, 고양이처럼 앞발을 뭉툭하게 내밀었다.

나름대로 포즈도 잡고, 익살스러운 표정도 지었다. 어떻게든 사진 콘테스트에 뽑혀서 지구로 돌아가고 싶었으니까.

찰칵, 찰칵, 찰칵. 치즈는 쉴 새 없이 카메라 셔터를 눌렀다.

이렇게 무거운 털옷을 입힐 거면 뭐 하러 운동을 시킨 거야? 제대로 먹지도 못한 채 죽을 것같이 뛰었는데! 매일매일 체중계에 올라가서 백 그램 빠진 걸로 기뻐했는데! 이렇게 옷을 수십 벌 갈아입으면서 기운 뺄 줄 알았다면 그렇게 노력하지 않았을 거다.

치즈의 반응은 더 최악이었다.

"이건 아닌 것 같아."

"좀 별론데?"

"표정을 더 예쁘게 지어 봐."

"다른 거 입어 보자."

치즈의 요구는 끝날 줄을 몰랐다.

"일부러 그러는 거야?"

치우가 화가 나서 쏘아붙였지만, 치즈는 아무것도 모른다는 듯이 태연하게 되물었다.

"뭐가?"

"내가 고양이별 놀이공원 이벤트 응모할 때 네 사진 많이 찍었다고 너도 지금 똑같이 그러는 거냐고!"

치즈가 치우를 노려보며 말했다.

"이게 나만 좋자고 하는 일이야?"

그 말에 치우는 입을 꾹 다물었다. 예전에 치우가 했던 생각과 똑같았기 때문이다. 나도 좋고, 치즈도 좋고, 다 좋자고 하는 일이라고. 고양이별 놀이공원에 가면 치즈도 좋아할 테니까, 그러려면 일단 사진을 잘 찍어야 하니까.

지구로 돌아가려면 사진을 잘 찍는 수밖에 없었다. 달리 방법이 없다는 걸 알면서도 치우는 자꾸만 마음이 상했다.

"찍는다!"

치우는 어쩔 수 없이 어색하게 웃었다. 치즈 말대로 다 좋자고 하는 일인데, 뭔지 모르게 마음이 찜찜했다. 이런 마음이 얼굴에 고스란히 묻어났다. 좋은 사진이 나올 리 없었다.

잡지《반려인》이 나온 날, 치즈는 치우를 옆에 불러 앉혔다.

"이것 좀 봐."

치즈는 잡지를 휘리릭 넘겨 사진 콘테스트에 뽑힌 사진을 보여 주었다.

이번 호 반려 인간 콘테스트에 뽑힌 사진은 총 다섯 장이었다. 첫 번째 모델은 머리카락이 계단처럼 층층이 잘려 있었다. 어디서 구했는지, 계단 모양 회색 원피스까지 입고 있었다.

"으익, 이게 뭐야?"

"특이하잖아."

치즈가 어깨를 으쓱했다.

두 번째 사진은 더 괴상했다. 검은색 고양이로 분장한 사람이었는데, 단순히 고양이 털옷을 입고 분장한 수준이 아니었다. 피부를 온통 물감으로 칠한 것 같았다. 치우는 제 몸을 물감으로 뒤덮는다고 상상하자, 몸서리가 저절로 쳐졌다.

세 번째 사진은 울상을 한 채 변기에 앉아 있는 아이였다.

"어휴, 끔찍해."

치우는 손바닥으로 얼굴을 푹 가리고야 말았다.

"왜? 귀엽잖아."

치즈가 치우를 흘깃 보더니 별거 아니라는 듯이 무심하게 말했다.

"귀엽다고? 이게?"

네 번째 사진과 다섯 번째 사진은 앞의 것과 비교하면 그나마 평범한 편이었다. 적어도 인간으로서 수치심을 느낄 정도는 아니었다. 하나는 비쩍 마른 몸을 드러낸 사람이었고, 다른 하나는 동글동글 귀엽게 살이 찐 아이였다.

"역시 이게 낫겠지?"

치즈가 비쩍 마른 사람의 사진을 가리키며 물었다. 치우는 한숨을 내쉬며 고개를 끄덕였다.

치우는 치즈를 따라 반려 인간 산책로를 달렸다. 치즈가 종종 물고기를 사냥하는 강 왼쪽으로 잘 가꿔 놓은 산책로가 있었다. 고양이와 반려 인간이 함께 다닐 수 있는 길이었다. 만약 반려 인간 산책로를 벗어나면 인간을 싫어하는 고양이들과 마주칠 수 있어서 위험했다. 반대로 인간의 몸에 함부로 손을 대는 고양이도 있었다. 장난이랍시고 겁을 주는 고양이도 있었고. 그럴 때마다 치우는 바짝 움츠러들어서 치즈 뒤로 숨고는 했다.

치즈는 네발로 성큼성큼 앞서가더니 고개를 돌려 치우를 바라 보았다. 얼른 오라는 의미였다.

"너는 네발을 다 쓰지만, 나는 두 발이거든!"

치우가 아무리 씩씩거려 봤자 소용없었다. 훈련사는 근엄한 얼굴로 고개를 저었다. 치우는 한숨을 푹 내쉬고는 다시 달렸다.

그때였다. 풀숲에서 누군가 치우한테 말을 걸었다.

"꼬마야."

마치 태어나서 한 번도 자르지 않은 듯 덥수룩하게 긴 머리칼 의 남자였다. 치우는 코를 찌르는 악취에 인상을 찌푸렸다. 얼굴 과 팔다리에는 흙인지 때인지 알 수 없는 시커먼 얼룩이 덕지덕 지 묻어 있었다. 옷차림도 거의 누더기 수준이었다.

치우는 순간적으로 뒷걸음질을 했다.

"꼬마야, 먹을 거! 먹을 거 좀 줘!"

한눈에 봐도 정상 체중에 못 미칠 정도로 비쩍 말라 있었다. 남자가 한 발짝 다가왔다. 힘이 하나도 없는지 뼈밖에 없는 다리 가 휘청거렸다.

"치, 치즈야······."

치우는 겁에 질려 목소리도 제대로 나오지 않았다. 그 순간 누 군가 치우 앞을 막아섰다. 치즈가 아니었다. 커다란 눈에 보랏빛

긴 털을 가진 고양이였다.

"먹을 건 내가 줄게요. 잠깐만 기다
려요."

보라색 고양이는 이렇게 말하고는
곁눈질로 치우를 살폈다. 그리고는 치
우 손에 종이쪽지를 쥐여 주었다.

"우리는 인간을 돕고 있어요. 어려운

일이 생기면 여기로 찾아와요."

치우는 종이쪽지를 빤히 내려다보았다.

고양이 눈이 닫히는 밤,
고양이가 좋아하는 소리가 들리는 3-오.

"무슨 일이야?"

치즈가 어기적어기적 다가왔다. 치우는 종이쪽지를 접어서 바닥에 휙 던져 버리고는 아무렇지 않은 얼굴로 치즈를 바라보았다.

"어, 이상한 사람을 봐서."

"아, 유기 인간? 고양이한테 버려진 인간들이 여기저기 돌아다닌다고 하더라."

"유기 인간? '유기 동물' 할 때 그 유기?"

"어, 지구에서도 똑같잖아. 늙고 병들고 보잘것없어지면 그냥 버리고는 하잖아."

치우는 말문이 턱 막혀서 멍하니 서 있다가 다시 달리기 시작했다. 쪽지 내용을 잊지 않으려고 머릿속으로 되뇌면서.

누군가 그 쪽지를 주운 뒤 제 뒷모습을 주시하고 있다는 사실은 까맣게 몰랐다.

수수께끼 쪽지

인간을 돕고 있다는 보라색 고양이의 말이 귓가에서 계속 맴돌았다.

"어려운 일이 생기면…….'

그러다 겨우 버티고 있던 이성의 끈이 뚝 끊어지는 순간이 찾아왔다.

치즈가 잠든 한낮에 벌어진 일이었다. 치우는 며칠을 제대로 먹지 못한 탓에 배가 몹시 고팠다. 집에서 먹는 한상차림은 바라지도 않았다. 검역소에서 주던 시리얼이라도 먹고 싶었다.

"반려 인간 사료라고 했는데…….'

이 집에도 어딘가에 치우가 먹을 만한 음식이 있을 터였다.

치우는 거실부터 뒤지기 시작했다. 언제부터 여기가 제 집이었다고, 치즈 물건이 한가득이었다. 수납장마다 고양이용 간식이 넘쳐났다. 집 안에 이렇게 먹을 게 많은데 매번 사냥하러 나가는 게 더 신기했다.

'지구에 있을 때면 늘 집에만 틀어박혀 있었는데.'

그게 지구와 펠리의 차이일까? 펠리에선 치즈가 바깥으로 나가 마음껏 사냥을 해도 아무 문제가 안 되었다. 오히려 치우가 마음대로 나다닐 수 없었다. 치즈와 같이 다닐 때도 다른 고양이들의 눈치를 살피느라 바짝 긴장해야만 했다. 지구에서와는 완전히 반대였다.

어쩌면 고양이는 고양이별에, 사람은 지구에 사는 게 맞을지도 몰랐다. 치우는 이런저런 생각이 꼬리에 꼬리를 물면서 갈피를 잡지 못했다.

그러다 고개를 휘휘 저었다. 배에서 자꾸만 꼬르륵 소리가 났다. 일단은 먹을 걸 찾는 게 우선이었다. 거실이고, 주방이고, 뭐가 들어 있을 법한 곳은 싹 다 뒤졌는데도 치우가 먹을 만한 거라고는 하나도 나오지 않았다.

"이 치즈, 대체 어디다 숨겨 놓은 거야?"

이리저리 돌아다니며 설쳤더니 배가 더 고파 왔다. 기운은 빠지고, 먹을 건 없고. 치우는 지치고 지친 나머지, 그 자리에 벌러덩 드러누웠다.

그때 주방 수납장 맨 위, 안쪽에 상자 하나가 보였다.

"저거다!"

치우는 두 눈을 반짝였다. 누가 고양이 아니랄까 봐 높은 곳에다 꽁꽁 잘도 숨겨 놓았다.

치우는 식탁 의자를 가져다 수납장 아래에 놓고는 무언가 먹을 수 있다는 생각에 씩 웃었다.

"드디어……!"

치우는 침을 꼴깍 삼키며 의자에 올라섰다. 손이 닿기에 조금 멀긴 했지만 까치발을 들면 충분히 가능할 것 같았다. 팔을 쭉 뻗자, 손가락 끝이 상자에 닿았다. 조금씩, 조금씩 손끝으로 상자를 살짝살짝 움직여서 좀 더 앞쪽으로 끌어왔다.

"조금만 더, 조금만!"

치우는 온 힘을 발끝에 모으고는 손끝으로 상자를 건드렸다. 순간 몸이 기우뚱하더니 의자에서 그대로 넘어지고 말았다. 상자가 바닥으로 떨어지면서 그 안에 든 물건이 와르르 쏟아졌다.

치즈가 요란한 소리를 듣고 주방으로 달려왔다. 치즈는 치우의 몰골을 보더니 혀를 쯧쯧 찼다.

"치우, 너한테 고양이용 해충 기피제가 필요한 줄은 몰랐는데 말이야."

치우는 제 얼굴에 닿은 봉투 하나를 집어 들었다. 여기저기 타박상을 입었는지 온몸이 다 쑤셨다. 치우는 인상을 산뜩 찌푸린 채 봉투에 적힌 글자를 읽었다. 진드기나 벼룩을 막기 위해 고양이 피부에 바르는 약품이었다.

"너, 뒤치다꺼리하는 것도 지친다, 지쳐."

치즈는 들으라는 듯이 한숨을 푹 내쉬고는 치우를 일으켜 세웠다. 그러고는 무뚝뚝한 말투로 물었다.

"다친 데는 없어?"

치우는 대꾸할 기운도 없었다. 무엇보다 너무나 창피해서 거의 숨듯이 제 방으로 쑥 들어갔다.

치우는 처음으로 자기가 사람 같지 않다는 생각을 했다.

치우는 며칠 전에 보라색 고양이한테 건네받은 쪽지의 내용을 떠올렸다.

고양이 눈이 닫히는 밤,
고양이가 좋아하는 소리가 들리는 3-오.

아마도 시간과 장소를 말하는 것 같은데, 수수께끼처럼 어렵게 느껴졌다.

침대에 가만히 누워 낮이 되기를 기다렸다. 이상했다. 치우는 밝아야 치즈를 제대로 볼 수 있지만, 치즈는 어두워져야 치우를 제대로 볼 수 있었다.

치우는 그걸 펠리에 오고 나서야 깨달았다. 치즈에 대해 다 안다고 생각했는데, 그건 순전히 치우 혼자만의 생각이었다.

해가 뜨고 얼마 뒤, 치우는 치즈가 잠들어 있는 방으로 갔다. 그르릉그르릉, 얕은 숨소리가 들려왔다. 수수께끼도, 치즈도, 치우에게는 이제 모든 게 어려웠다.

치우는 살그머니 집을 빠져나갔다. 마을을 돌아다니면서 조그만 단서라도 찾아볼 셈이었다.

"라율아."

라율이가 나무 집 아래에 쪼그리고 앉아 있었다. 또 키티한테 쫓겨난 모양이었다.

"머리는…… 왜 그래?"

치우가 삐뚤빼뚤 엉망으로 잘린 라율이의 머리카락을 보고 놀라서 조심스레 물었다. 라율이가 울상을 지어 보였다.

"《반려인》이라는 잡지 봤어? 키티가 그걸 보더니 내 머리를 이렇게 잘라 놨어."

치우는 잡지에서 본 계단 모양 머리의 사람을 떠올리고는 한숨을 내쉬었다. 걸핏하면 집에서 쫓겨나야 하고, 밥을 주지 않으면 굶어야 하고, 주인 마음대로 머리카락이 잘려 나가고, 원치 않는 옷을 수없이 입고 벗어야 한다.

무엇보다 무서운 건 그런 생활에 차츰차츰 익숙해져 간다는 거였다. 주인이 시키는 대로 하는 반려동물의 삶에 익숙해지는 것. 이미 치우는 치즈가 시키는 일에 군말 없이 따르고 있었다. 여기가 지구가 아니라는 이유로, 고양이별 펠리라는 이유로, 치즈가 치우를 보호해 준다는 이유로.

"얼마 전에 인간을 도와준다는 고양이를 만났어. 종이쪽지를 받았는데, 거기에 '고양이 눈이 닫히는 밤, 고양이가 좋아하는 소리가 들리는 3-오.'라고 적혀 있더라."

치우는 라율이한테 그때 만난 보라색 고양이 얘기를 들려주었다. 라율이 눈빛이 사뭇 진지해졌다.

"오히려 인간한테 위험한 고양이일 수도 있지 않아?"

"그건 아닌 것 같아. 유기 인간한테 밥을 주고 있었거든. 근데 이건 무슨 뜻일까? 시간이랑 장소를 말하는 것 같긴 한데. 키티도 지금 자고 있지? 같이 알아보러 가 볼래?"

라율이가 고개를 끄덕였다.

둘은 광장으로 향했다. 낮이라 그런지 돌아다니는 고양이가 거의 없었다. 길 한복판에서 낮잠을 자는 고양이들이 더러 보일 뿐이었다. 치우와 라율이는 낮잠 자는 고양이를 건드리지 않으려고 조심조심 걸었다.

"이렇게 햇볕이 쨍쨍한 낮에 잠을 자다니, 신기하지 않아?"

라율이가 물었다.

"지구에서도 그랬잖아. 나, 학교 갔다 오면 치즈가 맨날 방석에 앉아서 꾸벅꾸벅 졸고 있었는데……."

치우가 말을 하다 말고 눈을 동그랗게 떴다.

"우리한테는 낮인데……."

"고양이한테는 밤! 그러니까 지금이 바로 고양이 눈이 닫히는 시간이야!"

라율이가 뒷말을 받았다. 둘은 손을 번쩍 들어 하이 파이브를 하고는 동시에 쉿, 하면서 주변을 살폈다.

"그런데 밤은 고양이 눈이 열리는 시간이잖아."

라율이가 나직하게 속삭였다.

"밤인데도 고양이가 눈을 감고 있다는 뜻 같아."

"음, 밤인데도 고양이가 자고 있다는 거지!"

치우와 라율이는 첫 번째 비밀을 풀었다는 생각에 눈을 마주 보며 웃었다.

어느덧 해가 슬슬 저물고 있었다. 둘은 다시 나무 집으로 돌아 갔다. 고양이가 잠든 밤을 기다리면서.

치우가 눈을 떴을 때, 집 안은 쥐 죽은 듯이 조용했다. 집 안만 이 아니었다. 온 세상이 조용한 느낌이었다. 발걸음 소리가 거슬 릴 정도라 살금살금 걸어서 거실로 나갔다. 치즈 방문을 살짝 열 어 보았더니, 침대에 그대로 누워 있었다.

"치우야?"

잠든 건 아니었는지 치즈가 치우를 불렀다.

"어, 밤인데도 조용하길래."

"곧 비가 올 것 같아. 너도 쉬어. 비 올 땐 꿈쩍하고 싶지 않아."

치우는 고개를 끄덕이고는 방문을 다시 닫았다. 고양이가 비 를 끔찍이 싫어했던가? 그랬던 것 같기도 하고, 아니었던 것 같기 도 하고. 알쏭달쏭했다. 어쨌거나 치우에게는 절호의 기회였다.

치우는 발소리가 나지 않게 조용히, 하지만 어느 때보다 빠르게 걸어서 방으로 돌아갔다. 그러고는 창문을 열고 라율이를 불렀다.

"라율아, 라율아."

치우 방에서 창문을 열고 보이는 대각선 아래가 라율이 방이었다. 치즈가 방에서 나올까 봐 조그맣게 불렀더니, 한참이 지나도록 라율이는 아무 대답이 없었다.

"라율아, 최라율!"

치우는 몇 번이나 라율이를 불렀다. 이렇게 하면 더 잘 들릴까 싶어서, 창문 밖으로 몸을 쭉 내민 채 소리쳐 불러 보았다.

마침내 라율이의 방 창문이 열렸다.

"혹시 키티도 자?"

"응, 그런 것 같아. 조용해."

둘은 고개를 끄덕였다. 더 이야기할 필요도 없었다. 고양이가 자는 밤, 그러니까 지금이 '고양이 눈이 닫히는 밤'이었다.

밖은 몹시 어두웠다. 원래도 시커먼 하늘이 먹구름에 뒤덮여 별 하나 보이지 않았다. 평소 같으면 고양이들이 뛰놀고 있을 거리가 한적하기 그지없었다. 빗방울이 하나씩 뚝뚝 떨어지기 시작했다. 치우와 라율이는 잰걸음으로 발을 옮겼다.

"고양이가 좋아하는 소리가 들리는 3-오."

치우가 두 번째 수수께끼를 말했다.

"물소리, 빗소리, 비닐 소리, 새소리, 풀벌레 소리."

그러자 라율이가 생각나는 소리를 하나씩 얘기했다.

"사각사각, 벅벅, 바스락바스락."

치우도 고양이가 좋아할 법한 소리를 떠올렸다.

강을 중심으로 만들어진 광장은 물소리가 매우 잘 들리는 곳
이었다. 광장 근처에 다다랐을 때, 갑자
기 누군가 둘 앞을 막아섰다.

"거기, 잠깐!"

치우는 눈살을 찌푸리며 제
앞에 선 고양이를 살폈다.

치우를 치즈한테 데려다준 고양이 경찰 제리였다.

"제리!"

치우는 괜스레 반가운 마음이 들어 제리를 친근하게 불렀다.
하지만 제리는 치우가 반가워하든 말든 개의치 않고 언제나처
럼 무뚝뚝한 목소리로 물었다.

"보호자도 없이 왜 인간끼리 나와서 돌아다니는 거지? 신분
확인을 해야겠으니 팔찌를 제시해."

"아니……, 나 몰라요? 저번에 치즈한테 데려다줬잖아요."

"그런 건 중요하지 않아. 중요한 건 원칙이지. 거리에서

헤매는 반려 인간의 신분을 확인하는 게 내 일이야."

치우는 입을 삐죽 내밀고는 손목을 앞으로 내밀었다. 제리는 치우와 라율이 팔찌를 차례로 스캔하더니 "확인 완료." 하고 말했다. 그런 다음 여전히 무뚝뚝한 말투로 덧붙였다.

"허튼 생각 같은 건 하지 않는 게 좋아. 쓸데없이 돌아다니지 말고 어서 주인한테 돌아가. 고양이별의 규칙을 어길 생각 따위는 절대로 하지 말고."

제리의 눈빛이 사납게 번뜩였다. 잔뜩 기가 죽은 치우와 라율이는 다소곳이 고개를 끄덕였다. 치우는 제리가 저 멀리 사라지고 나서야 후, 하고 한숨을 내쉬었다.

"괜찮겠지?"

라율이가 걱정스럽게 물었다.

"이제 와서 다시 집으로 돌아갈 순 없잖아? 빨리 가자."

치우가 어깨를 으쓱했다. 뭔가 신기했다. 막상 마음을 먹고 나니까 두려움이 어느 정도 사라졌다. 어떻게든 이 상황을 벗어나고 싶은 생각뿐이었다. 그냥 사람으로 살고 싶었다. 그 당연한 것을 고양이별에 오고 나서야 알았다.

광장에 들어서자 물이 흐르는 소리가 더 크게 들렸다. 거기에 탁, 탁, 빗소리까지 더해져서 그런지, 치우는 마음이 한결 시원해졌다.

"그런데 뭔가 허전하지 않아?"

"뭐가?"

치우의 물음에 라율이가 의아한 표정으로 되물었다.

"평소에 들리던 소리가 하나 더 있었는데……. 사각사각, 벅벅, 바스락바스락……. 그래, 스크래처야!"

치우가 눈을 반짝이며 외쳤다.

"스크래처?"

"응, 광장에 있는 대형 스크래처! 얼른 가 보자."

치우와 라율이는 대형 스크래처를 향해 달렸다. 빗줄기가 점점 더 굵어졌다. 우르르 쾅쾅, 멀리서 천둥소리도 들렸다. 금방이라도 폭우가 쏟아질 것 같았다. 치우는 몸을 잠깐 움츠렸지만 뜀박질을 멈추지는 않았다. 다만, 천둥소리에 기겁할 치즈가 머릿속에 잠깐 떠올랐다가 사라졌다.

강을 가로지르는 다리를 지나 광장에 도착했다. 라율이는 숫자를 셌다.

"하나, 둘, 셋! 저기 세 번째 스크래처!"

치우는 눈앞을 가리는 빗물을 닦아 내고 주변을 둘러봤다.

"스크래처가 저쪽에도 있는데?"

"'오'! 오른쪽!"

라율이가 이렇게 말하면서 오른쪽으로 방향을 틀어서 달렸

다. 치우도 곧 뒤따랐다. 치우는 왠지 모르게 자꾸 웃음이 났다. 일이 이렇게 술술 풀릴 줄은 상상도 하지 못했다. 라율이와 함께여서 참 다행이었다. 혼자 고양이별에 떨어졌더라면 절대로 이런 용기를 내지 못했을 터였다.

이윽고 치우와 라율이는 사람 몸보다 열 배는 커 보이는 대형 스크래처 앞에 섰다.

"이 상황에 웃음이 나와?"

치우한테 이렇게 묻는 라율이 얼굴에도 웃음기가 가득했다. 스크래처를 한 바퀴 돌자 뒤편에 자그마한 문이 보였다. 인간에게는 그리 작지 않았지만, 펠리 고양이에게는 몸을 잔뜩 숙여야 겨우 드나들 정도로 좁은 문이었다.

"준비됐어?"

치우가 라율이를 돌아보며 물었다. 라율이가 비장한 표정으로 고개를 끄덕였다. 치우는 숨을 크게 한번 내쉰 뒤, 조심스럽게 문을 열었다.

인간 해방 협회

좁다란 계단은 지하로 이어졌다. 치우와 라율이는 손으로 벽을 짚으며 어두컴컴한 지하 계단을 오로지 느낌에 기대어 한 발 한 발 내딛었다. 계단은 끝도 없이 길었다.

"혹시 잘못 온 것 아닐까?"

라율이가 걱정스레 물었다.

치우도 이대로 그냥 돌아가야 하나, 생각하던 참이었다. 한참을 내려가도 칠흑 같은 어둠뿐, 빛이라고는 하나도 없었다. 사람은커녕 고양이 그림자조차 보이지 않았다. 걸으면 걸을수록 두려움이 커져 갔다.

하지만 돌아가는 길도 무서운 건 매한가지였다. 치우는 여기까지 왔으니까 앞만 보며 걷자고, 몇 번이나 마음을 다잡았다.

그렇게 얼마나 걸었을까. 밖은 어쩌면 한낮으로 바뀌었을지도 모르겠다. 치우는 슬슬 힘이 빠졌다. 한동안 제대로 먹지 못해서 더 그런 듯했다.

"치우야, 나 이제 더는 못 가겠어."

라율이가 먼저 백기를 들었다.

"잠깐 쉴래?"

둘은 결국 바닥에 주저앉았다. 목이 말랐다. 이렇게 아무 준비도 없이 무작정 나오는 게 아니었다.

엄마 아빠가 생각났다. 무지무지 보고 싶었다. 낯선 외계 행성에 떨어져서 이렇게 고생할 줄 알았더라면, 고양이별 놀이공원 이벤트 따위에 절대로 참여하지 않았을 거다. 지구에 돌아가면 가장 먼저 챗챗을 지울 거다. 치즈한테 사진을 찍으라고 강요하지도 않을 거다.

사람은 사람답게, 고양이는 고양이답게 사는 것이 가장 옳은 것 같았다. 각자의 행성에서 온전히 자기 모습 그대로. 그러니까 치우는 치우답게, 치즈는 치즈답게 사는 것.

갑자기 눈물이 차올랐다. 하지만 라율이에게 그런 모습을 보이기는 부끄러워서 북받치는 감정을 꾹꾹 눌러 참았다.

바로 그때, 어디선가 발걸음 소리가 들려왔다. 치우는 손을 더듬어 옆에 있는 라율이 손을 꼭 잡았다.

"무슨 소리지?"

라율이가 치우 귀에 대고 속삭였다.

"쉿!"

치우가 벽 쪽으로 붙어 앉으며 라율이를 당겼다. 둘은 벽에 붙어 숨도 쉬지 못한 채 다가오는 발소리에 가만히 귀를 기울였다. 발소리가 점점 커지다가 어느 순간 뚝 멈췄다.

"고양이 눈이 닫히는……."

정체를 알 수 없는 누군가가 나직이 속삭였다. 라율이가 더듬더듬 대답했다.

"밤."

상대가 다시 한번 말했다.

"고양이가 좋아하는 소리가 들리는……."

"3-오."

이번에는 치우가 대답했다.

그러자 발밑으로 불빛이 내려왔다. 저번에 치우한테 종이쪽지를 건넸던 보라색 고양이가 손전등을 켜서 치우와 라율이 앞으로 길을 비춰 주었다.

"반가워요. 우리, 만난 적 있죠? 나는 비밀 조직인 인간 해방 협회 일을 돕고 있는 펠리종 고양이 케일이에요. 여기는 위험하니까 일단 자리를 옮기죠."

인간 해방 협회! 제대로 찾아왔다는 생각에 치우는 마음이 좀 놓였다. 라율이도 치우를 보며 고개를 끄덕였다. 불빛으로 언뜻언뜻 보이는 지하의 모습은 예상했던 것과는 판이하게 달랐다. 마치 땅굴을 파서 만든 미로 같았다.

확실히 비밀 조직이 맞았다. 케일이 데리러 오지 않았더라면 절대로 길을 찾지 못했을 거다. 미로 속을 헤매다가 지쳐서 쓰러지고 말았겠지.

치우와 라율이는 케일을 따라 미로를 몇 번이나 빙빙 돈 다음에야 인간 해방 협회에 도착했다. 치우는 고양이보다 사람이 훨씬 더 많은 걸 보고 눈이 휘둥그레졌다. 인간 해방 협회라는 심각한 이름과는 달리, 사람들은 자못 평온한 얼굴을 하고 있었다. 마치…… 여기는 지구 같았다.

"새로운 식구가 왔네요. 나는 마린이에요."

마린이 손을 내밀어 악수를 청했다. 치우와 라율이는 마린과 악수를 한 뒤에 머쓱하게 웃었다. 왠지 어른이 된 것 같은 기분이 들었다.

"아직 우리 식구라고 할 수는 없지."

"그럼요, 여기 왔다고 해서 모두 회원이 되는 건 아니니까요."

몇몇이 치우와 라율이를 보며 한마디씩 던졌다. 평온한 얼굴과는 달리, 입에서 나오는 말들은 바늘처럼 날카로웠다. 치우와

라율이는 어쩔 줄 몰라 하며 얼굴을 붉혔다.

케일이 나섰다.

"여기까지 온 이유가 있겠죠. 괜히 어려운 길을 만들어 놓은 게 아니라고요. 확신과 의지가 있어야 올 수 있는 곳인걸요."

수수께끼 같은 종이쪽지와 미로 같은 비밀 통로. 케일의 말이 맞았다. 확신과 의지. 그렇게 거창한 말을 붙이기는 쑥스럽지만, 치우 또한 분명한 목표를 가지고 이곳을 찾았다.

인간 해방 협회에서 치우와 라율이를 궁금해하듯이, 치우도 인간 해방 협회가 궁금했다.

지구에도 동물 보호 단체가 있다. 치우가 아는 곳만 해도 여럿이었다. 위기에 빠진 동물을 구하고, 동물을 보호하는 법을 만

들기 위해 건의하고, 동물에 대한 인식을 바꾸기 위해 노력하는 곳. 거기에는 동물을 위하는 사람들이 모여 있었다. 반면에 인간 해방 협회는 인간이 스스로 자신을 구하기 위해 만든 모임이었다.

스스로를 구한다. 모르긴 몰라도 그것만큼은 치우의 뜻과 일치했다. 치우도 스스로를 구해서 인간답게 살고 싶었다.

새로 온 회원은 치우와 라율이뿐만이 아니었다. 모두들 한마음으로 펠리의 가장 어두운 땅 밑에서 살아갈 빛을 찾으려 안간힘을 쓰고 있었다.

"내 주인은 팔 부러뜨리는 걸 좋아했어요. 고양이한테는 그야말로 껌이죠. 내 팔을 잡고 푹 꺾어 버리면 그만이니까요. 내 팔에서 뽀각, 하는 소리가 나면 주인은 박수를 치며 좋아했어요. 다 나으면 또다시 반복이었지요. 왼팔 팔꿈치는 지금도 잘 접히지 않아요."

맨 첫 번째로 나선 남자는 이렇게 말하며 왼팔을 들어 보였다. 가까스로 굽힌 팔의 각도는 대충 90도쯤 될 성싶었다.

"하아."

여기저기서 탄식이 터져 나왔다. 누군가는 화를 발칵 내려다가 입을 꾹 다물기도 했다. 섣불리 꺼내는 말이 누군가에게는 상처가 될지도 모르기 때문이었다.

"예전에는 안 그랬어요. 언제나 예쁘다고 말해 줬거든요. 사랑 받는 게 이런 거구나, 생각했지요. 난 정말 좋은 가족을 만났구나. 난 행운아구나. 나는 한 번도 루나를 주인이라고 생각해 본 적이 없어요. 그저 가족이라 여겼으니까요. 근데 그건 내 착각이었지요. 루나는 내가 병이 들어 계속 누워 있게 되자, 길거리에 내다 버렸어요. 인간 해방 협회에서 나를 발견하지 못했더라면 지금 이렇게 살아 있을 수도 없을 거예요."

이번에는 치우와 라율이보다 어려 보이는 여자아이였다.

"누가 가족을 내다 버리나?"

"쳇, 자기들 좋을 때만 가족이지!"

회원들이 하나둘 목소리를 높이기 시작했다.

"심지어 나는 늙었다고 버려졌어……."

머리가 하얗게 센 남자가 한숨을 쉬며 거들었다.

"괜찮아요. 인간 해방 협회에 왔으니까요! 이제 우리가 가족 이에요."

루나의 가족이었던 여자아이가 씩씩하게 말했다. 그러자 박수가 터져 나왔다.

들기만 해도 몸서리가 쳐질 정도로 끔찍한 이야기가 계속 이어졌다.

"내 주인은 항상 기분대로 행동했어요. 나는 장난감에 불과

했죠. 당연히 내 감정 따윈 조금도 중요하지 않았어요. 물론 잘 해 줄 때도 있었어요. 주인의 기분이 좋을 때만요. 그래서 나는 늘 주인의 기분을 살펴야 했어요. 화가 나 있을 때는 조금만 낑 낑거려도 큰 소리가 나면서 물건이 날아오고는 했거든요. 몸은 언제나 피와 멍으로 얼룩졌답니다. 애교를 부리라고 하면 최선을 다했어요. 손으로 얼굴을 부비고, 콧소리를 내고, 바닥을 뒹굴었죠. 그런데 조금이라도 마음에 안 들면 한숨을 팍팍 내쉬었어요. 한숨이 뭐 어떻냐고요? 한숨 뒤에 상황이 하도 끔찍해서……. 나는 지금도 한숨 소리에 기겁을 해요."

언제나 주인의 눈치를 봐야 하는 삶. 그건 인간 해방 협회 회원이라면 다들 잘 알고 있었다. 펠리에서 인간은 고양이 주인의 즐거움을 위해 존재하는 장난감 취급을 당하기 일쑤였다.

"휴우."

자기도 모르게 한숨을 쉬던 여자 회원이 화들짝 놀라며 손을 내저었다.

"미안해요! 이건 나도 모르
게……."

그러자 나이가 지긋한 남자
가 크게 소리쳤다.

"근데 한숨이 뭐 어때서!
이건 고양이가 한숨 쉴 일
이 아니라 인간이 한숨 쉴
일이야! 자네도 한숨을 쉬
어 봐, 그게 뭐라고."

"맞아! 그것도 맞는 말
이네!"

어쩔 줄 몰라 하며 눈치를 살피던
신입 회원은 남자가 하는 말에 결심한 듯
고개를 끄덕이더니 하아, 하고 크게 한숨을 쉬었다. 끔찍한 이
야기는 끝날 줄을 몰랐다.

"내 몸이 왜 이렇게 구부정하냐고요? 나는 내 몸이 겨우 들어
가는 작은 집에 살았어요. 팔다리를 접어야만 누울 수 있을 정도
로 작은 집이요. 지구에서 온 사람들이라면 알 거예요. 개집, 딱
개집만 했어요. 개집 밖으로 나가는 게 허락되는 건 화장실을 갈
때뿐이었고요. 밥도 개집 안에서 엎드린 채로 먹어야 했죠."

자리에서 일어난 남자는 앉아 있을 때와 서 있을 때 키가 거의 비슷했다. 그만큼 허리가 많이 굽어 있었다. 남자가 말을 마칠 때쯤 어디선가 흐느끼는 소리가 들려왔다. 그 뒤로 단호한 목소리가 이어졌다.

"우리는 물건이 아니야."

"그럼, 물건이 아니고말고."

"엄연히 살아 있는 생명이지."

감정의 물결이 파도처럼 이어져 나갔다. 웅성거리는 소리, 탁자를 치는 소리, 의자가 끌리는 소리, 가슴을 치는 소리, 울음소리, 화내는 소리가 한데 섞였다. 그 소리들은 마치 인간이 살아 있는 생명이라는 사실을 증명하기라도 하는 듯했다.

이번에는 치우가 쭈뼛쭈뼛 말을 꺼내기 시작했다. 다른 사람들 이야기에 비하면 너무나 사소하게 느껴져서였다.

"나는 별거 아니에요. 지구 체험권을 받으려면 잡지 《반려인》 사진 콘테스트에 뽑혀야 하는데, 저희 집 고양이 치즈가 계속 나를 굶기고 운동을 시켰어요. 요즘은 마른 반려 인간이 대세라고 하면서요."

"별거 아니긴! 학대가 뭐 별건가? 밥 안 주는 게 가장 나빠."

"그럼, 그럼. 정말 나쁜 주인이네."

회원들은 치우를 대신해서 화를 내 주었다. 치우는 기분이 묘

했다. 치즈가 자신에게 한 행동이 옳다고 할 수는 없지만, 그렇다고 해서 학대라고 생각한 적도 없기 때문이었다.

이번에는 라율이가 입을 열었다.

"나도 사진 콘테스트 때문에요. 내 머리카락을 자기 마음대로 잘라 버렸어요. 근데 머리카락은 문제가 아니에요. 키티는 걸핏하면 나를 집에서 쫓아내요. 그래서 매번 집 밖에서 잠을 잘 수밖에 없어요."

"어휴, 말도 안 돼."

"그럴 거면 뭐 하러 키우는 거야?"

라율이 말에도 회원들은 부리나케 화를 내기 시작했다. 치우와 라율이가 머쓱해할 정도였다.

"우리 인간 해방 협회 회원이 될 자격이 충분하네요. 꼭 학대받은 인간만이 회원이 될 수 있는 건 아니지만, 위기 상황에서 느낀 간절함이 우리를 더 똘똘 뭉치게 만드니까요."

마린이 웃으면서 말했다.

"근데 인간 해방 협회에서는 무슨 일을 하나요?"

라율이가 물었다. 치우도 묻고 싶었던 말이었다.

"우리는 펠리에서 탈출하려 해요. 말처럼 쉽지는 않겠지만, 펠리에는 다른 행성과 이어진 웜홀이 여기저기 있으니까 분명히 빠져나갈 방법이 있겠죠."

인간 해방 협회는 단순히 고양이한테 학대받은 인간들의 모임이 아닌 모양이었다. 분명한 목적을 가지고 움직이는 비밀 조직이었다.

"지구요! 지구로 돌아갈 방법이 있나요?"

치우가 손을 번쩍 들고 물었다. 마린이 씁쓸하게 웃으며 대답했다.

"우리도 방법을 찾고 있습니다. 우선 우리와 함께하려면 펠리에 반려 인간으로 등록된 팔찌를 빼야 합니다. 지금 바로 결정하기는 어려울 테니, 시간을 갖고 생각해 보도록 해요."

치우와 라율이는 케일이 안내해 주는 대로 작은 방에 들어갔다. 치우가 한동안 제대로 먹지 못했다고 한 얘기 때문인지 케일이 간식을 가져다주었다. 그러고는 치우와 라율이가 이야기를 할 수 있게 자리를 피해 주었다.

"치즈한테 아무 말도 안 하고 내 마음대로 팔찌를 빼도 될까?"

치우는 절대로 팔찌를 빼면 안 된다고 신신당부하던 치즈를 떠올리며 말했다. 분명 그렇게 말한 데에는 이유가 있을 터였다. 그리고 치즈와 인사를 하지 않고 나온 것도 마음에 걸렸다. 이렇게 일이 일사천리로 진행될 줄은 꿈에도 몰랐다.

"사실 나는 치즈랑 같이 지구로 돌아가고 싶단 말이야."

라율이가 치우를 빤히 쳐다보다 천천히 입을 열었다.

"치우야, 난 있잖아. 어디서부터 잘못된 건지 고민을 많이 해 봤거든. 우리가 왜 펠리에 온 걸까, 하고 말이야. 고양이별 놀이 공원에서 기억나? 케이블카 앞에서 줄 서 있을 때, 못 타는 사람들이 있었잖아."

"어, 그랬지. 고양이가 원하지 않는다고 했잖아."

"그래, 그러니까 치즈랑 키티는 펠리에 오고 싶어 했던 거야. 지금 펠리를 떠나고 싶어 하는 여기 사람들처럼."

치우는 갑자기 머리를 한 대 맞은 것 같은 기분이 들었다. 치우가 치즈의 집을 나와야겠다고 생각한 것처럼, 인간으로 살고 싶다고 생각한 것처럼, 치즈도 우리 집에 있을 때 그런 생각을 한 걸까. 그냥 고양이로 살고 싶다고.

"그러니까 치즈랑 키티는 괜찮을 거야. 우리만 생각하면 돼."

라율이가 진지한 얼굴로 말했다. 치우는 고개를 끄덕였다. 치즈가 펠리에서 고양이로 사는 삶에 만족한다면, 그렇게 하는 게 맞았다. 억지로 치즈를 데리고 지구로 돌아갈 일은 아니었다.

치우가 펠리에서 더 살 수 없다고 느꼈던 것처럼, 치즈도 지구에서 그런 마음이었다고 생각하니까 속이 상했다. 순간 울컥하고 마음속 깊은 곳에서 뭔가 치밀어 오르기도 했다. 하지만 지금은 망설일 시간이 없었다.

"그래, 나는 펠리에서 살고 싶지 않아."

"나도. 지구로 돌아가고 싶어."

치우 말에 라율이가 대답했다.

"가자."

둘은 밖으로 나갔다. 사람들의 눈길이 죄다 둘을 향해 꽂혔다. 치우와 라율이는 손목을 내밀었다.

"팔찌를 빼 주세요."

그 순간 박수가 터져 나왔다. 팔찌는 허탈할 정도로 손쉽게 빠졌다. 반려 인간으로 살지 않겠다고 결심하기까지 걸린 시간을 생각해 보면 더욱더 그랬다. 치우는 대단한 일을 한 것도 아닌데, 마치 엄청난 일을 하는 듯한 기분이 들었다.

이로써 치우와 라율이는 인간 해방 협회 회원이 되었다.

"침입자가 나타났어요!"

어디선가 검은색 얼룩무늬 고양이가 나타나 소리쳤다. 치우와 라율이는 처음 보는 고양이였다.

침입자라는 말에 인간 해방 협회 회원들은 화들짝 놀라서 하던 이야기를 급히 멈췄다. 이번에도 여지없이 마린이 나섰다.

"탄아, 자세하게 설명해 봐."

그러자 탄이 속사포처럼 말을 쏟아 냈다.

"적외선 카메라에 침입자의 모습이 잡혔어요. 미로 안으로 고양이 한 마리가 들어왔는데……, 아마도 제리 같아요!"

"제리요?"

치우는 아는 이름이 들리자 저도 모르게 나섰다.

"제리를 알아요? 혹시 만난 적 있어요?"

마린이 심각한 표정으로 치우한테 물었다. 치우는 괜히 어깨가 움츠러들었다.

"여기 오는 길에 만났어요. 내가 펠리에 처음 왔을 때 제리가 나를 치즈한테 데려다주었고요."

치우의 말에 회원들이 자리에서 벌떡 일어났다. 그리고는 허둥지둥 어딘가로 뿔뿔이 흩어졌다. 치우는 어찌 된 일인지 몰라 라율이를 물끄러미 바라보았다. 영문을 모르기는 라율이도 마찬가지였다.

"자, 다들 빨리 움직여요! 케일, 치우와 라율이한테 설명 좀 부탁해!"

치우는 회의실에 이렇게 많은 문이 있는지 처음 알았다. 여러 군데서 문이 열리더니, 회원들이 약속이라도 한 듯이 마린의 지시에 따라 질서정연하게 움직였다.

케일은 마린이 시키는 대로 치우와 라율이한테로 다가왔다.

"제리는 인간 해방 협회의 미등록 인간을 잡아다가 다른 행성으로 이주시키는 일을 하고 있어요."

"뭐라고요?"

치우가 깜짝 놀라서 소리쳤다. 제리가 아무리 사납다고는 해도 그런 일을 할 정도로 나쁜 고양이로 보이지는 않았다. 라율이는 할 말을 잃은 듯 입을 쩍 벌린 채 가만히 서 있었다.

"'처벌'이에요. 인간이 살기 힘든 행성으로 보낸다더군요. 또 모르죠. 그저 어딘가에 감금시키는 걸지도요. 고양이로서 이런 말을 하고 싶지는 않지만⋯⋯, 인간을 잡아먹는 고양이도 있다고 하니까요."

치우도 아무 말을 하지 못했다. 너무나 끔찍한 얘기였다.

케일은 치우와 라율이한테 꾸러미를 건네며 말을 이었다.

"미등록 인간은 제리한테 붙잡히면 끝장이에요. 이건 미로 지도예요. 미로는 몹시 어두우니 손전등을 꼭 챙겨야 해요. 지하를 빠져나가면 고양이 털옷을 입도록 하고요. 고양이들은 눈이 안 좋으니까 털옷만 입으면 못 알아챌 거예요. 모자까지 푹 눌러써야 해요. 그리고 이건 고양이 향수. 고양이는 인간보다 후각이 훨씬 좋아요. 향수를 뿌려서 인간 냄새를 감추는 거예요. 마지막으로 개박하즙이에요. 지구에서는 '캣닙'이라고도 부르더군요. 펠리의 개박하는 지구의 그것보다 위력이 훨씬 뛰어나죠. 위험한 상황에 고양이 주의를 돌리기에 좋아요."

눈이 커다란 펠리종 고양이 케일은 슬픈 얼굴로 덧붙였다.

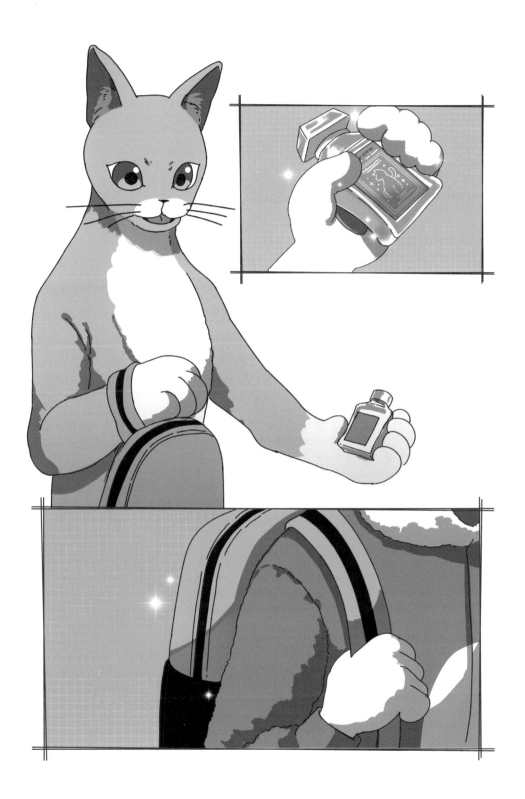

"다시 만날 수 있을지 모르겠지만……, 부디 행운을 빌어요."

케일은 곧 회의실을 빠져나갔다. 치우와 라율이는 정신을 퍼뜩 차리고 지도를 펼쳤다.

"일단 여기로 나가자!"

라율이가 광장과 가장 가까운 출구로 이어지는 문을 가리키며 말했다.

"오, 왼, 왼, 오, 오, 오, 왼, 오, 오, 왼."

라율이가 미로를 빠져나가는 길을 외웠다. 이윽고 치우와 라율이가 문 앞에 서자 회의실 불이 저절로 꺼졌다. 누군가 지켜보고 있다는 뜻이었다.

공간을 채웠던 아주 작은 불빛마저 사라지자, 둘은 긴장감에 섣불리 움직이지 못한 채 그 자리에 우두커니 서 있었다. 기대대로 되지 않은 데서 오는 실망, 앞으로 벌어질 일에 대한 두려움, 잘못된 선택을 한 걸지도 모른다는 의구심, 걸어서는 갈 수 없는 저 먼 지구를 향한 그리움이 한데 뒤섞였다.

라율이가 먼저 움직였다. 숨을 크게 내쉬고는 다시 한번 소리 내어 길을 외웠다.

"오, 왼, 왼, 오, 오, 오, 왼, 오, 오, 왼. 자!"

그리고는 치우한테 손을 내밀었다. 치우는 그 손을 꽉 잡았다. 손을 잡고 나서야 치우는 라율이가 손이 땀에 푹 젖을 정도로 긴

장하고 있다는 사실을 깨달았다. 그런데도 힘을 내고 있었다. 치우도 힘을 내야 했다.

"오른쪽은 네가 맡아. 나는 왼쪽을 맡을게. 달릴 준비 됐지?"

라율이가 일부러 씩씩하게 말했다.

"걱정 마. 이 순간을 위해서 매일같이 달렸으니까."

치우는 일부러 으스대며 말했다. 아무렇지 않다는 듯이, 다 괜찮다는 듯이.

복잡한 마음은 여전했지만, 그래도 달려야 할 때였다.

미등록 인간

다시금 앞이 전혀 보이지 않는 지하에 들어섰다. 다행이라면 이미 한 번 지나온 길이라 얼추 가늠이 된다는 사실이었다. 치우와 라율이는 손을 꼭 잡고 천천히 걸었다. 치우는 오른쪽 벽을 손으로 짚고, 라율이는 왼쪽 벽을 손으로 짚었다. 갈림길이 나올 때마다 라율이는 "오른쪽!", "왼쪽!" 하고 치우한테 길을 알려 주었다.

하지만 몇 번의 갈림길이 지난 뒤에 뭔가 이상하다는 걸 깨달았다. 오른쪽으로 가야 할 차례였는데, 길은 왼쪽과 앞쪽으로만 나 있었다.

"지도를 다시 확인해야겠어."

라율이가 손전등을 켜서 지도를 살폈다. 그러자 오른쪽으로 세

번 간 뒤에 왼쪽으로 가야 했는데, 두 번밖에 가지 않았다는 걸 깨달았다.

"되돌아가는 건 아무래도 위험할 테니까. 왼, 오, 왼, 오, 오, 왼, 왼. 이 방향으로 가자! 왼, 오, 왼, 오, 오, 왼, 왼."

그런데 어디선가 발소리가 들려왔다. 소리는 점점 커졌다. 속도와 보폭으로 볼 때, 분명 사람은 아니었다.

"잠깐만."

치우가 잽싸게 라율이가 든 손전등을 껐다. 그러고는 라율이 입을 막은 채로 발소리를 죽여 걸었다. 멀리서 다가오던 발소리가 점점 더 가까워졌다.

'제리일까? 제리겠지.'

치우는 라율이를 붙잡아 세운 뒤, 나란히 벽에 붙어 섰다. 시각이라면 고양이나 인간이나 똑같은 조건에 놓여 있었다. 컴컴한 미로 안에서는 모두가 잘 보이지 않는다. 하지만 청각과 후각이라면, 인간이 고양이를 이길 수는 없었다.

치우는 제자리에 멈춰 섰다. 제발 제리가 그냥 지나쳐 주기를 바라면서. 곧이어 라율이가 제 몸과 치우 몸에 고양이 향수를 뿌렸다. 제리가 코앞으로 다가왔다.

"킁킁."

제리가 코를 벌름거리며 냄새를 맡기 시작했다. 치우는 라율이 손을 잡고 천천히 바닥에 주저앉았다.

"냄새가 뒤섞여서 찾기가 어렵군."

제리가 투덜거리며 얼굴을 찡그렸다. 그리고는 치우와 라율

이를 지나쳐 갔다.

'살았다…….'

치우는 여전히 숨도 쉬지 못한 채 제리가 완전히 멀어지기를 기다렸다. 하지만 제리는 금방 다시 몸을 돌렸다.

"여긴가?"

그러고는 몸을 굽힌 채 치우 가까이로 얼굴을 들이댔다. 제리의 숨결이 느껴졌다. 치우는 이를 악물었다. 그러고는 손을 뻗어 손전등을 켰다.

"으악!"

정면으로 손전등 불빛을 받은 제리가 손으로 두 눈을 감싸며 소리를 질렀다.

"뛰어!"

치우는 라율이 손을 잡고 일어나 달렸다. 제리가 쫓아올까 봐 틈틈이 뒤를 돌아보는 것도 잊지 않았다. 제리가 아까처럼 바짝 다가오면 손전등으로 눈을 비추면 될 것 같았다. 고양이는 눈이 예민해서 불빛을 직접 받으면 타격이 컸다. 그래서 치즈 사진을 찍을 때도 치우는 절대로 플래시를 켜지 않았다.

치우와 라율이는 마지막 계단을 올라

문 앞에 섰다. 둘은 모자에 달린 끈을 꽁꽁 동여맸다. 고양이 향수도 몸에 잔뜩 뿌렸다.

살며시 문을 열었다. 시간이 얼마나 지난 걸까? 문밖은 바람한 점 불지 않는 맑은 밤이었다. 둘은 숨이 차게 달렸다. 광장에는 고양이가 제법 많았다. 비가 그쳐서 그런지 다들 활기찬 모습이었다.

치우와 라율이는 앞만 보고 달렸다. 고양이들이 흘깃흘깃 쳐다보는 게 느껴졌다. 팔찌를 뺀 미등록 인간이라는 사실을 들킬까 봐 조마조마했지만, 여기서 달리는 걸 멈추는 게 더 위험할 듯했다. 지금 이 순간은 고양이다워 보이는 것이 그나마 안전했다. 광장 다리를 건너자, 반려 인간 산책로 옆으로 큰길이 쭉 이어졌다.

"어이, 잠깐."

누군가 치우와 라율이를 불러 세웠다. 치우와 라율이는 서로 눈짓을 하며 멈춰 섰다. 어차피 달리기로는 고양이를 이기지 못했다. 줄무늬 고양이는 가까이 다가오더니, 큼큼 냄새를 맡기 시작했다. 그러고는 사뭇 날카로운 눈초리로 치우와 라율이를 쳐다보았다.

"아기 고양이끼리 돌아다니면 위험해. 반려 인간 산책로에 요즘 유기 인간들이 많이 돌아다닌다고 하던데, 그쪽으로는 절대가지 말고."

입을 열면 도리어 인간인 걸 들키게 될까 봐 둘은 말없이 고개만 끄덕였다. 줄무늬 고양이가 멀어지자, 치우와 라율이는 크게 심호흡을 했다.

"다행히 못 알아챘나 봐."

라율이는 주변에 아무도 없는데도 누가 들을까 걱정되는지 낮게 속닥거렸다.

"다시 뛸까?"

"아니, 조금만 걷자. 힘들어. 계속 뛰니까 더 눈에 띄는 것 같기도 하고."

치우와 라율이는 평소보다 보폭을 좀 더 크게 해서 빨리 걸었다. 치우는 주변을 살피기를 멈추지 않았다. 웃는 얼굴로 걷고 달리는 고양이가 인간을 상대로 어떻게 뒤바뀌는지 이제는 너무나 잘 알고 있었다.

물론 그건 인간도 마찬가지였다. 인간 해방 협회도 끝내 치우와 라율이를 도와주지는 못했으니까. 그러니까 그건 인간과 고양이의 차이가 아니다. 그저, 그런 고양이가 있고, 그런 인간이 있을 뿐이다. 그렇게 생각하자 치우는 갑자기 치즈가 보고 싶어졌다.

상가가 늘어선 골목골목을 지나면 캣 타워가 가득한 주택가가 나타날 거였다. 뒤를 살피던 치우가 고개를 앞으로 휙 돌렸다.
그러고는 라율이한테 빠르게 속삭였다.

"뒤에 제리가 오고 있어."

"……평범하게 행동하자. 우리는 지금 고양이니까."

라율이가 고개를 끄덕이며 심각한 얼굴로 대답했다. 치우는
고개를 숙여 고양이 털옷의 냄새를 맡았다. 냄새가 조금 더 옅어
진 것 같기도 했다. 상가 쪽으로 들어서자 고양이 수가 훨씬 더
많아졌다. 치우와 라율이는 그 틈새로 비집고 들어갔다. 어쩌면
고양이 무리에 섞이는 게 가장 안전할지도 몰랐다.

심장이 세차게 두근거렸다. 제리와의 거리가 약간 벌어졌다.
제리는 고양이와 반려 인간을 하나하나 유심히 살피고 있었다.

"뭐 하는 거예요?"

"고양이 경찰입니다. 신분 확인 부탁합니다!"

엉뚱한 고양이를 붙잡고 신분 확인을 하는 제리를 보며 치우
와 라율이는 마주 보고 피식 웃었다. 그러고는 더욱 바쁘게 몸을
움직였다. 조용히, 그러나 빠르게, 둘이 손을 꼭 맞잡은 채로.

상가를 빠져나온 뒤, 치우와 라율이는 잠깐 옷을 정비하기 위
해 커다란 나무 뒤에 몸을 숨겼다. 서로 고양이 털옷을 매만져
준 다음, 고양이 향수를 칙칙 뿌렸다.

"치우야, 얼른 가자."

"응, 치즈와 키티가 기다릴 거야."

치우와 라율이가 나무둥치를 돌아 큰길 쪽으로 몸을 틀었을 때였다. 커다란 얼굴이 둘 앞에 나타났다. 제리였다! 제리는 언제부터 쫓아온 건지, 눈을 부리부리하게 뜬 채로 입가를 씩 올려 웃고 있었다. 치우는 깜짝 놀라 읍! 하고 숨을 멈췄다. 그러고는 뒤로 손을 뻗어 라율이를 멈춰 세웠다.

"큼큼, 아기 고양이 둘이라……. 집이 어디지?"

치우와 라율이는 뭐라고 대답해야 할지 몰라 눈동자만 데구루루 굴렸다. 이렇게 빨리 제리를 만나게 될 줄은 몰랐다. 치우는 그냥 쉬지 말고 달릴걸, 하고 속 깊이 후회했다. 하지만 후회해도 이미 늦었다. 어떻게든 도망쳐야 했다. 정체를 들키면 끝장이었다.

"신분 확인이 안 되면 경찰서로 가는 수밖에."

제리가 치우를 잡으려고 손을 뻗는 순간, 치우는 잽싸게 몸을 숙이고는 제리 뒤로 달려갔다. 그러고는 제리 등 위로 힘껏 뛰어 올라 목덜미를 콱 쥐었다. 이렇게 작은 손으로 커다란 고양이를 잡을 수 있을까 싶었지만, 다행히 제리의 몸이 뻣뻣하게 굳는 게 느껴졌다. 어미 고양이가 아기 고양이 목덜미를 물고 움직이듯이, 고양이를 멈추는 방법이었다.

고양이가 스트레스를 받을 수 있는 일이라, 지구에서라면 치우가 하지 않을 행동이었다. 하지만 지금처럼 위급한 상황에서는 달리 방법이 없었다.

"라……."

치우는 라율이 이름을 부르려다가 멈칫했다. 라율이 이름을 들으면 제리가 알아차릴 수도 있어서였다.

"라라야!"

라율이가 치우를 바라보았다. 그러고는 어떻게 해야 할지 모르겠다는 표정으로 잠깐 망설이더니, 이내 고양이 향수를 꺼내 들었다. 입을 앙다문 라율이는 도저히 못 쳐다보겠다는 듯이 고개를 휙 돌리고는 고양이 향수를 몇 차례나 제리 눈에다 뿌렸다.

"라라야, 지금이야!"

치우가 고개를 휙 돌리며 도망칠 방향을 가리켰다. 라율이가 달리기 시작했다. 뒤이어

치우도 제리의 목덜미를 놓고 뛰었다. 제리는 눈을 부여잡고 바닥을 뒹굴면서도 치우와 라율이가 어디로 움직이는지 확인하려고 고개를 들었다.

"빨리!"

라율이가 뒤를 돌아보며 외쳤다. 치우는 숨이 차도록 달렸다. 다리가 후들거렸다. 달려서 심장이 뛰는 건지 무서워서 심장이 뛰는 건지, 심장이 몸 밖으로 튀어나올 것만 같았다.

그래도 쉴 수가 없었다. 머릿속에는 오직 도망쳐야 한다는 생각뿐이었다. 둘은 그저 앞만 보고 달렸다. 언제 저 무시무시한 괴물 고양이가 벌떡 일어나 쫓아올지 몰랐다. 평소에는 그리 멀지 않다고 생각했던 집이 유난히도 멀게 느껴졌다.

"아기 고양이? 아니, 인간인가?"

지나가던 고양이가 중얼거리는 소리가 들려왔다. 치우는 모자를 매만지고는 라율이한테 소리쳤다.

"라율아, 모자 흘러내렸어!"

라율이는 모자를 제대로 쓰려고 애썼다. 하지만 손이 땀에 젖어 자꾸만 미끄러졌다. 결국 잠깐 멈춰 설 수밖에 없었다. 라율이가 뒤를 흘낏거리면서 모자를 머리끝까지 쓰는 동안, 치우는 그 옆에 서서 숨을 골랐다.

"어쩌지?"

라율이가 옷을 뒤적이면서 말했다.

"왜?"

"고양이 향수를 떨어뜨렸나 봐."

모자가 벗겨진 것만이 문제가 아니었다. 인간 냄새를 감추기 위해서는 고양이 향수가 꼭 필요했다. 어쩐지 아까부터 옆으로 지나가는 고양이들의 눈초리가 예사롭지 않았다. 과연 펠리에 인간을 위협하는 고양이가 제리뿐일까.

"괜찮아, 이제 집에 다 와 가니까."

치우는 라율이를 달래며 그렇게 말했다. 사실이었다. 정말로 이제 얼마 남지 않았다. 나무 집이 늘어서 있는 거리까지 왔으니까, 어쩌면 한숨 돌려도 되는 걸지도 몰랐다.

"그래, 빨리……. 으악!"

라율이가 갑자기 소리를 빽 질렀다. 저 멀리에서 이쪽을 향해 네발로 부리나케 달려오는 까만색 고양이가 보였다. 둘은 약속이라도 한 듯이 동시에 발을 떼었다. 그러고는 전속력으로 달렸다.

쿵쿵쿵쿵, 뒤에서 쫓아오는 발소리가 크게 울렸다. 죽을 힘을 다해 달리다 보니, 모자가 벗겨지고 옷이 어깨 아래로 흘러내렸다.

"이치우! 최라율!"

뒤에서 치우와 라율이를 부르는 제리의 목소리가 들렸다. 이제 더는 아기 고양이가 아니었다. 팔찌를 빼 버린 미등록 인간,

펠리에서 쫓겨나야 할 불법 체류자였다.

"멈춰! 계속 도망가면 더 큰 벌을 받게 될 거다!"

제리가 뒤에서 으르렁거리며 소리쳤다. 뒤돌아보지 않아도 거리가 점점 가까워지는 게 느껴졌다. 하지만 여기서 멈출 수는 없었다. 결과가 어떨지는 뻔했다. 다른 행성으로 쫓겨나거나, 감금당하거나, 고양이한테 잡아먹히거나.

치우는 거의 벗겨져서 바닥에 질질 끌리는 무거운 고양이 털옷을 벗었다. 그러고는 개박하즙을 털옷에 잔뜩 뿌렸다.

'제발, 제발!'

치우는 다가오는 제리를 향해 털옷을 휙 집어 던졌다. 제리는 얼굴에 털옷을 정통으로 맞고서 발걸음을 주춤거렸다.

그 모습을 본 라율이가 제 털옷을 벗어서 치우한테 건넸다. 치우는 남은 개박하즙을 탈탈 털어 라율이 털옷에 부었다. 치우는 제리를 향해 라율이 털옷까지 집어 던지고는, 라율이의 손을 잡고 냅다 달리기 시작했다.

"아얏!"

갑작스러운 움직임에 라율이가 중심을 잃고 휘청거렸다. 손을 잡고 있었던 터라, 둘은 같이 바닥에 나뒹굴었다.

넘어진 채로 뒤를 돌아보자, 제리가 이쪽으로 바짝 다가서는 게 보였다. 제리는 쉽게 포기하지 않았다. 쾡한 눈을 한 채 양손으로 다리를 부여잡고 치우와 라율이를 향해 한 발짝, 한 발짝 다가왔다. 마치 공포 영화 속 좀비 같았다.

조금씩 거리가 좁혀지고 있었다. 치우는 일어나 뛰어야 한다는 걸 알면서도, 몸이 잘 움직이지 않았다. 온몸으로 덮쳐 오는 공포심에 다리가 뻣뻣하게 굳었다.

어느새 제리가 코앞까지 다가왔다. 당장이라도 달려들어 커다란 앞발로 치우 목을 내리찍을 기세였다. 치우는 두 눈을 질끈 감았다.

"안 돼!"

커다란 외침과 동시에 뭔가가 휙 날아오더니, 제리 앞발에 맞아 옆으로 픽 쓰러졌다. 눈을 뜬 치우는 깜짝 놀라 입을 쩍 벌렸다. 치즈가 치우 대신 제리한테 맞고서 바닥에 쓰러져 있었다. 치즈의 얼굴과 오른팔이 날카로운 발톱에 찍혀 피가 흘렀다.

"어떡해……."

치우 눈에 눈물이 그렁그렁 고였다. 하지만 걱정과는 달리, 치즈가 벌떡 일어섰다. 그 옆으로 키티가 버티고 섰다.

"뭐지?"

제리가 눈을 부릅뜨고 물었다.

"그건 내가 묻고 싶은 말인데? 내 반려 인간한테 무슨 짓을 하는 거야?"

치즈 말에 제리가 코웃음을 쳤다.

"인간 해방 협회에 들락거리는 미등록 인간이 무슨 반려 인간 이라는 거야? 너야말로 뭔가 착각을 하고 있나 본데, 네 옆에 있 는 인간은 이제 네 반려 인간이 아니야."

"인간 해방 협회라니, 치우 너 그게 뭔지 알아?"

치즈가 치우 눈을 빤히 쳐다보며 물었다. 치우는 그게 무슨 뜻 인지 단박에 이해했다.

"아니, 몰라! 그게 뭔데?"

"그래? 그럼 팔찌를 확인해 보면 알겠네."

제리가 치즈를 가볍게 밀치고는 빙긋 웃으면서 치우한테로 다가왔다. 치우는 점점 가까이 다가오는 커다란 고양이 때문에 다시 몸이 뻣뻣하게 굳었다.

"팔찌는 여기 있어."

치즈가 제리한테 팔찌를 내밀었다.

그러자 제리가 의심스러운 눈초리로 치즈를 바라보았다.

"반려 인간 팔찌가 왜 너한테 있지?"

"장난치다가 팔찌 연결 고리가 떨어졌는데, 수리를 맡겼다가 방금 찾아오는 길이야. 그사이에 치우가 밖에 나간 줄은 몰랐네. 이건 명백히 내 실수야. 키티, 너도 마찬가지지?"

치즈가 키티를 쳐다보며 물었다. 그러자 키티가 팔찌를 높이 들어 흔들었다.

"반려 인간이 문제를 일으켰다면, 그 책임은 고양이인 나한테 있어. 그러니까 문제 제기를 하려면 나한테 해. 네가 그렇게 중요하게 생각하는 펠리의 규칙대로."

치즈는 치우한테 팔찌를 채우며 제리에게 똑똑히 말했다. 키티도 라율이한테 팔찌를 채워 주었다.

제리는 치즈와 키티를 휙 밀어내더니, 치우와 라율이의 팔찌를 스캔한 뒤 스캐너 화면을 확인했다. 그러고는 뭔가 잘못됐다는 표정으로 고개를 저었다.

"이번에는 그냥 넘어가지만, 앞으로 두고 보도록 하지."

제리가 인상을 찌푸리며 돌아섰다. 치즈는 제리가 멀어지는 것을 확인하고서 치우한테 다가왔다.

"치즈야……, 어떡해……."

치우는 여전히 피가 흐르는 치즈의 얼굴에 손을 가져다 댔다.

치즈는 아무 말 하지 않고 치우를 일으켜 세워 안았다.

"괜찮아, 이제 다 괜찮아."

그러고는 치우를 계속해서 쓰다듬었다. 치우는 치즈 품에 안긴 채 집으로 돌아갔다. 아기 고양이가 엄마 고양이 목에 매달린 것처럼, 치우도 치즈 목에 매달려 나무 집으로 올라갔다.

"괜찮아, 괜찮아."

집에 돌아오고 난 뒤에도 치즈는 한참이나 그렇게 말했다.

가장 단단한 끈

"미안해."

치우는 펠리에 온 뒤로 줄곧 하고 싶었던 말을 뒤늦게 꺼냈다. 어쩌면 지구에서부터 해야 했던 말인지도 몰랐다. 치우 말에 치즈가 눈이 동그래지더니 되물었다.

"말없이 밖에 나간 거? 그건 이제 됐어."

"아니, 그거 말고."

치우는 고개를 저은 뒤 천천히 말을 꺼냈다.

"네가 싫어하는데 사진 찍은 거, 억지로 옷 입힌 거, 너 데리고 위험한 데로 산책 나간 거, 아기 고양이 데려오자고 한 거, 너 못생겼다고 한 거. 또……, 또……, 전부 다! 지금까지 내 입장에서만 생각했어. 내가 좋으면 너도 좋을 거라고 생각했어. 사실은 그게 아닌데."

치우는 그렇게 말하고 나서 치즈를 가만히 바라보았다. 치즈의 표정이 살짝 부드러워졌다가, 이내 다시 무뚝뚝해졌다.

"거짓말. 다 알면서 그랬던 거잖아. 내 기분 따윈 상관없었던 거잖아."

"아니, 그건 아닌데……."

치우는 우물쭈물 대답했다. 사실은 치즈 말이 맞았기 때문이었다.

"사실 나는 펠리에 와서 일부러 너한테 못되게 굴었어. 네가 내 마음을 알아주길 바랐거든. 어때, 이제 내 기분을 좀 알겠어?"

치우는 고개를 끄덕거렸다. 그러다 곧이어 들려오는 치즈의 말에 화들짝 놀랐다.

"미안해."

"네가 왜?"

"그렇다고 해서 내 행동이 옳은 것도 아니었어. 나도 생각 많이 했어. 나 때문에 네가 위험해졌잖아."

"그건 내가 마음대로 팔찌를 빼서……."

"아니야, 내가 네 마음을 상하게 해서 그런 거지. 미안해."

"아니야, 내가 미안해."

치우와 치즈는 몇 번이고 서로 미안하다는 말을 주고받았다.

그러다가 마침내 눈을 마주치고는 웃음을 터뜨렸다. 한참을 깔깔대며 웃다가, 치우가 문득 진지한 얼굴로 물었다.

"그래서 치즈 넌 펠리에서 계속 살고 싶어? 여기 사는 게 더 행복한 거지? 근데 나는 말이야…… 난 지구로 돌아가고 싶어. 엄마 아빠도 보고 싶고……. 물론 너랑도 같이 살고 싶지만. 그래도 나는 사람으로 살고 싶어. 네가 고양이로 살고 싶듯이."

치즈도 웃음을 멈추고 진지한 얼굴로 치우를 바라보았다.

"이제 지구로 돌아가야지. 네가 이렇게 위험한 곳에 있는 거 싫어. 너도 그렇잖아. 고양이별 놀이공원에서 케이블카가 멈췄을 때, 그때 네가 가장 먼저 한 일이 뭔지 기억나?"

뭘 했더라? 아마도 소리를 질렀던 것 같은데, 정확히 기억나지는 않았다. 치우는 치즈한테 고개를 저어 보였다.

"네 옆에 앉아 있던 나를 꼭 껴안았어. 그러고는 나를 쓰다듬으면서 계속 괜찮다고 말했지. 그때 생각했어. 매번 으르렁대며 다투기는 해도 역시 우리는 가족이야. 그렇지?"

치우와 치즈는 단단한 끈으로 이어져 있었다. 우리는 가족이고, 그래서 언제나 같이 있을 거라는 믿음이 있었다.

치우는 활짝 웃으며 고개를 끄덕였다.

"치즈야, 우리 지구로 돌아가기 전에 암호를 정하자! 내가 뭘 하자고 했을 때 좋으면 야옹 한 번, 싫으면 야옹, 야옹, 이렇게 두

번 우는 거야. 어때?"

"치우야, 너는 이미 방법을 알고 있잖아? 네가 들으려고 귀를 기울이면 내 마음이 다 들리잖아."

치즈의 커다란 몸이 치우를 포근하게 감쌌다. 치즈의 심장 소리가 쿵덕쿵덕 울렸다.

"응, 들리는 것 같아."

치우가 들릴 듯 말 듯 속삭였다. 치즈는 말랑말랑한 손으로 치우의 등을 쓰다듬었다. 치우의 말이 치즈의 귀에 제대로 닿은 게 틀림없었다.

그러다 치우가 몸을 번쩍 일으키며 물었다.

"참, 팔찌는 어떻게 된 거야?"

"보라색 고양이가 가져다주던데? 네 팔찌라고. 혹시 몰라서 챙겨 왔다더라."

케일이었다. 역시 사람인지, 고양이인지, 그런 게 중요한 게 아니었다. 치우는 펠리에서 만난 다정한 고양이를 평생 잊지 못할 것 같았다.

치우와 치즈, 라율이와 키티는 펠리 출국 센터 앞에 섰다. 치우는 자꾸만 뒤를 돌아보았다. 몇 주간의 시간이 머릿속에서 휙휙 스쳐 지나갔다. 혼자 눈물을 흘리는 날도, 분통을 터뜨리는 날도 많았다. 그런데 이렇게 치즈와 다시 지구로 돌아간다니, 마치 긴 여행이 끝난 것 같은 기분이 들었다. 치우는 저 멀리 보이는 들판과 옆으로 강이 흐르는 광장, 삐죽삐죽 솟아 있는 캣 타워를 눈에 담았다.

"치우야, 가자!"

치즈가 치우를 불렀다.

출국은 입국보다 절차가 훨씬 간단했다. 심사대를 통과하기만 하면 끝이었다. 치우가 지구종 고양이 전용 통로를 지나가려는 치즈를 불러 세웠다.

"치즈야! 진짜 괜찮겠어? 여기를 지나는 순간, 고양이별에는 영영 못 돌아와."

"냐앙."

치즈는 어깨를 한번 으쓱해 보이고는 입을 쩍 벌린 다음, 지구종 고양이답게 울음소리를 냈다. 그러고는 한 치의 망설임도 없이 전용 통로로 풀쩍 뛰어 들어갔다. 그러자 치우보다 몇 배는 컸던 커다란 몸이 서서히 작아지기 시작했다. 치즈는 네발로 선 채 뒤돌아서 치우를 바라보았다.

이윽고 키티도 지구종 고양이 전용 통로로 들어섰다. 치우와 라율이는 지구종 인간 전용 통로로 다가갔다. 라율이가 웃으면서 말했다.

"진짜 가네."

"어때, 여행을 마친 기분은?"

"빨리 집에 가서 엄마 아빠 보고 싶어!"

라율이 말에 치우가 웃음을 터뜨렸다. 집에 간다는 생각만으로도 가슴이 간질간질했다.

출국 센터를 빠져나오자, 바로 지구행 웜홀 탑승장이 보였다. 거기에는 처음 펠리에 왔을 때 만났던 웜홀 가이드 비토가 기다리고 있었다.

"치우, 라율."

비토는 치우와 라율이한테 스마트폰을 건넸다.

"고양이들이 행복한 세상 펠리 여행은 재미있었니?"

"……."

"……."

치우와 라율이는 쉽사리 대답할 수 없었다. 우물쭈물하는 사이, 뒤에서 치즈와 키티의 울음소리가 들려왔다.

"냐옹."

"미야옹."

"치즈와 키티는 재미있었다고 하는구나. 그런데도 지구로 돌아간다는 건, 거기 어딘가에 각자의 행복이 있다는 뜻이겠지."

비토가 치즈와 키티를 한 번씩 번갈아 보고는 다시 치우와 라

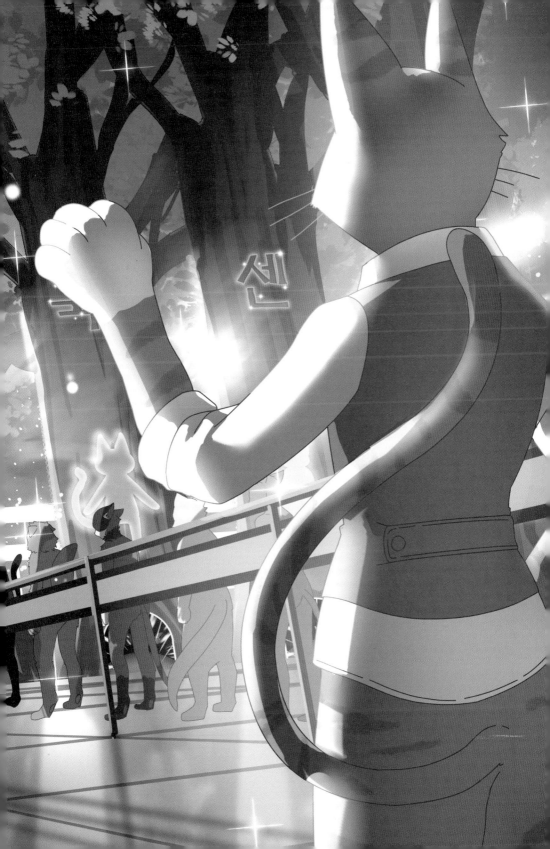

율이한테로 눈길을 돌렸다.

"고양이별 놀이공원 케이블카 안, 너희가 웜홀을 통과하기 직
전 그 시각으로 돌아갈 거야. 자칫 잘못하면 다른 시공간에 도착
할지도 몰라. 그러니까 처음 왔을 때처럼 고양이와 인간이 한 몸
처럼 꼭 붙어 있어야만 해."

"이렇게요?"

치우가 치즈를 번쩍 안아 들며 물었다. 비토가 고개를 끄덕였
다. 라율이도 치우를 따라서 키티를 품에 안았다. 둘은 비토가
가리키는 원형 철판 위에 올라섰다. 곧이어 비토도 원형 철판 위
로 올라왔다.

그 순간, 바닥이 뻥 뚫리면서 밑으로 떨어졌다. 머리카락이 쭈
뼛쭈뼛 섰다. 치우는 눈을 감고 치즈를 꼭 안았다. 처음 웜홀을
통과할 때처럼 온몸이 조이더니, 탈수기 안의 빨래처럼 여기저
기 부딪히기 시작했다. 그러고는 다시 뭔가가 몸을 꽉 옭아맸다.
하지만 이번에는 두렵지 않았다.

치우는 서서히 눈을 떴다. 놀랍게도 케이블카 안이었다. 치즈
가 숨이 막히는지 몸부림을 쳤다.

"미안해, 미안해. 잘못하다 놓치면 큰일이잖아."

치우가 치즈 머리통을 꾹꾹 눌러 쓰다듬으며 말했다. 치즈가
냐앙, 하고 한 번 울었다. 치우는 치즈와 이야기했던 둘만의 암

호를 떠올리며 슬며시 웃었다.

어느새 케이블카 속도가 서서히 느려지더니, 문이 활짝 열렸다. 치우는 치즈를 안고 조심스럽게 케이블카에서 내렸다. 손목에 찬 입장 팔찌가 덜컹거렸다. 치우는 팔찌를 가만히 바라보았다. 방금 전까지 펠리였는데, 지금은 지구라니! 도무지 믿기지가 않았다.

치즈를 바닥에 내려놓자, 치우보다 앞장서서 출구로 달려갔다. 치우는 그런 치즈를 바라보며 천천히 뒤따랐다.

"이거 가져가도 돼요?"

치우는 출구에 서서 입장 팔찌를 수거하는 고양이 직원한테 물었다.

"그럼요."

치우는 팔찌를 주머니에 넣었다. 이건 증거였다. 치우가 치즈와 함께 펠리에 다녀왔다는 증거이자 우리가 가족이라는 증거. 미울 때도 싸울 때도 있겠지만, 그때마다 펠리에서 함께한 시간은 우리를 더욱 단단하게 묶어 줄 터였다.

엄마랑 아빠가 고양이별 놀이공원 앞에서 치우를 향해 손을 흔들었다. 치즈는 벌써 엄마 품에 안겨서 머리를 비비고 있었다. 치우는 엄마만 보면 좋아 죽는 치즈를 보면서 샘이 나면서도 웃음이 났다.

"재미있게 잘 놀았어?"

아빠가 물었다.

"응, 진짜 재미있었어!"

이번에는 망설임 없이 대답할 수 있었다.

지금, 여기 우리가 함께 살아간다는 건……

저는 고양이를 아주아주 무서워해요. 특별한 계기가 있었던 것
도 아닌데 말이에요. 제가 치우보다 어렸을 때는 그런 적도 있었
어요. 학교가 끝나고 집으로 돌아가는 길에 고양이를 마주친 거
예요. 길이 한 갈래뿐이라서, 다른 길로 돌아갈 수도 없었어요.

고양이들은 보통 사람을 마주치면 도망가곤 하잖아요. 그런데
어쩐 일인지 그 고양이는 저를 빤히 쳐다보고는, 자리를 잡고 앉
아 버리더라고요. 그러고는 시간이 얼마나 느리게 흘렀는지 몰라
요. 기억하기로는 한 시간 정도를 그 자리에 가만히 서서, 고양이
가 지나가기만을 기다렸던 것 같아요. 실제로는 그렇게나 오랫동
안은 아니었을 테죠.

어른이 되어서도 고양이와의 싸움은 계속되었어요. 물론 저 혼
자만의 싸움이었죠. 일부러 길을 빙 돌아서 간 적은 셀 수도 없이

많았고요, 심지어는 집에 못 들어간 적도 있었어요. 고양이와의 싸움에서는 언제나 백전백패. 단 한 번도 이긴 적이 없어요.

그런데 저는 고양이 공포증을 극복하고 싶었어요. 왜냐하면 이 지구에서 고양이와 함께 잘 살고 싶었거든요. 공포는 무지에서 비롯된다는 말이 있어요. 어떤 것이 두렵고 무섭게 느껴지는 건, 그것에 대해 잘 알지 못하기 때문이라고요.

저는 계속해서 열심히 고양이를 알아 가고 있어요. 길에서 길고양이를 마주치면 "안녕?" 하고 인사를 건네기도 하고요, 사람을 보고 놀란 고양이에게는 "괜찮아, 괜찮아." 하고 안심시키기도 해요. 어느 날은 "귀여워!" 하고 마구 감탄하기도 합니다. 비록 저와 고양이 사이에는 여전히 1미터의 거리가 필요하지만, 언젠가는 그 거리마저 좁혀지는 날이 오지 않을까요?

《고양이별 펠리》를 쓰면서 생각했어요. 서로 다른 우리가 지금, 여기서 함께 살아간다는 건 정말 놀라운 일이라고요. 치우와 치즈, 라율이와 키티, 지구와 펠리의 모든 생명체……. 그러니까 우리, 한 발짝 더 가까워져요.

고양이별 펠리에서
김 수 연

라임 어린이 문학 049

고양이별 펠리

첫판 1쇄 펴낸날 2024년 12월 10일

지은이 김수연   **그린이** 리페
펴낸이 박창희
편집 홍다휘 백다혜   **디자인** 배한재
마케팅 박진호 최은경
회계 양여진 김주연
인쇄 신우인쇄   **제본** 신우북스

펴낸곳 (주)라임
출판등록 2013년 8월 8일 제2013-000091호
주소 경기도 파주시 심학산로 10, 우편번호 10881
전화 031) 955-9020(주문), 031) 955-9023(마케팅)
       031) 955-9021(편집)
팩스 031) 955-9022
이메일 lime@limebook.co.kr   **인스타그램** @lime_pub
홈페이지 www.prunsoop.co.kr   **제조국** 대한민국

ⓒ 김수연·리페, 2024
ISBN 979-11-94028-32-1 74810
     979-11-951893-3-5 (세트)